推理要在殺人後
kill you♡
1
繪者 迷子燒
作者 小鹿
U0028905

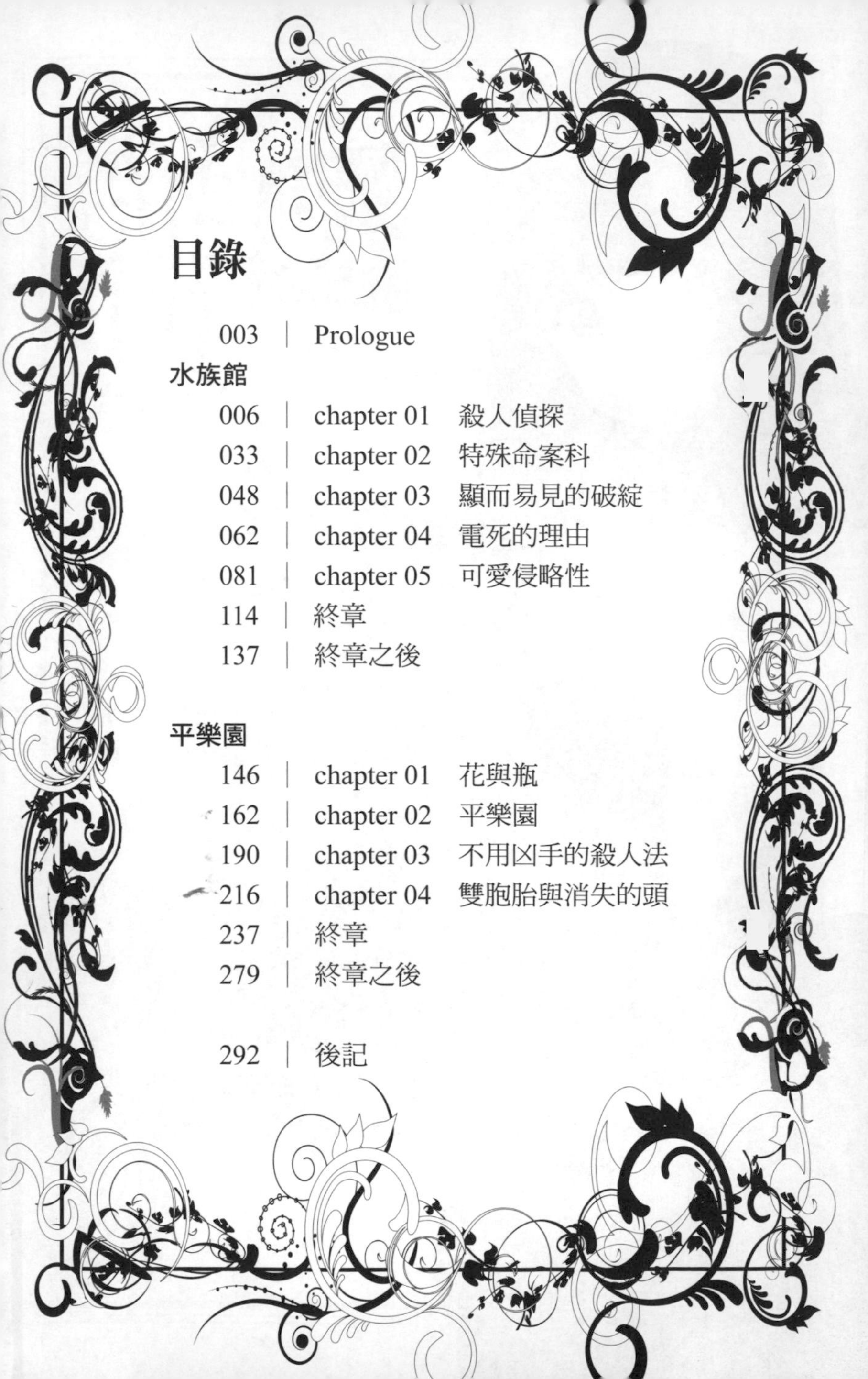

目錄

190
180
170
160
150
140
130
120
110
100
90
80
70
60
50
40
30
20
10
0
[陌羽]
殺人偵探／16歲
「化身凶手，成為凶手——
她是最擅長殺人的偵探。」
因為家族遺傳的關係，只要喜歡上一
個人，就會心生殺掉對方的衝動。
藉由這個特性，她總是能敏銳地感受
到殺意和惡意。
擁有模仿犯人犯案的才能，在殺人偵
探這個組合中扮演「殺」的這方。
DETECTIVE

190
180
170
160
150
140
130
120
110
100
90
80
70
60
50
40
30
20
10
0
[莫向陽]
殺人偵探助手／25歲
「人生苦短，即時行樂。」
善於觀察他人，行事做風玩世不恭，崇尚自由。
第一眼印象有些輕浮，在殺人偵探這個組合中扮演「被殺」的那方。
討厭運動，但為了生命安全，非常努力鍛鍊身體。
ASSISTANT

Prologue

當案件發生後，事情就已經定案了。

這世上沒有人可以知道案件的全貌——即使是偵探也不行。

偵探只能靠有限的線索，推論出最為接近真相的事實，但不論多麼接近，那畢竟不是真相。

這世上唯一知道真相的只有兩個人。

那就是「被害者」和「凶手」。

那麼，若今天「偵探」和「凶手」是同一人——

不就能偵破所有案件了嗎？

水族館

chapter 01
殺人偵探

我翻著手上的筆記本，這本筆記是前幾天寄到我手中的東西。裡頭，貼著各式各樣有關「殺人偵探」的剪報和資料，甚至連警方的一些筆錄和紀錄都有。

數十年未解的命案，僅僅一天！就被一個神祕偵探破解了！神祕偵探再度建功，奇怪的是，沒有人願意談論他的事。本報記者將繼續深入報導，瞭解真相。

長相不明、存在不明，所有目睹神祕偵探辦案過程的人臉色都一片蒼白。

「記得就是從這時候吧……」

我不禁露出苦笑。

這本筆記本中的剪報，是依照時間順序編排下來的。

本來歌功頌德的報導，從這一篇開始轉了方向。

獨家報導！

是惡魔還是偵探？

只要是神祕偵探所在的現場，都會出現新的死傷者！

警方給予他不祥的代稱——殺人偵探。

本來是一人死亡的現場，因為殺人偵探的關係變成兩人。

殺人偵探經手過的所有案件，死亡人數都強制加上一人。

這究竟是詛咒還是破案的代價？

破案率百分百！

只要是殺人偵探所在之處，真相必定顯現。

但你必須擔負「多死一人」的風險。

所有接觸過殺人偵探的人，對他的形容都是同一句話：

「他化身兇手、成為兇手——他是最擅長殺人的偵探。」

究竟一個偵探為何最擅長殺人？若是他真的殺了人，為何警方不將他逮捕？

殺人偵探究竟是誰？

他又是用怎樣的手法破案的？

「真是懷念啊……」

翻著報導，我一幕幕地回想起之前所經歷的所有案子。

隨著時間積累，殺人偵探逐漸在警界和地下世界打響名聲。

但是人們在欽佩殺人偵探的同時，也對他感到畏懼。

這就像是與惡魔的交易。

用「死者強制多一人」的代價，換取破案後的「真相」。

就算破案率百分之百，人們也不願意請這麼危險的偵探來。

這一年來，已幾乎沒有委託。

有的人甚至把殺人偵探的事當成都市傳說看待。

所以，當我收到這本筆記時，我非常驚訝，這人把殺人偵探的事調查得非常清楚，有些資料甚至可能只有警方知道。

而且，在筆記本的最後一頁，還以娟秀的字跡寫下了一封信，夾在其中——

尊敬的殺人偵探：

請於八月十三日上午九點至「藍」水族館來。

屆時，將會有一起凶殺案發生。

你的粉絲 張藍 謹寄

我抬起頭來，看了看面前的建築物。

時間是八月十三日上午八點三十分，也就是命案預告時間的三十分鐘前，我來到了名為「藍」的水族館。

這間水族館的內部雖然還在整修，但光鮮亮麗的外表已經跟落成沒兩樣。水族館占地近千坪，共有五層樓，預計在下個月開幕。

可能是因為工程還未完成的關係，所有窗戶和出入口都被木板封了起來，僅留下正門的出入口。

「歡迎你來，殺人偵探先生。」

一位穿著知名護校水手服的嬌小女孩，站在水族館門口，向我鞠了一個九十度的躬。

看起來像是高中生的她有著及腰的烏黑長髮，整個人散發著一股青春活潑的氣息。

「叫殺人偵探來的人，就是妳嗎？」

我揮了揮手中的信，向她問道。

「是的。」

她抬起頭來，對我露出一個既陽光又燦爛的笑容。

「名字……就是信中寫的『張藍』？」

「沒錯，建造這間水族館的是我媽媽，我則是她的女兒，請問你貴姓大名？」

「我叫莫向陽。」

「那我就稱呼你為莫先生了，可以嗎？」

我上下打量她。

即使面對一個成年男子，她也沒有露出絲毫畏懼。

這副落落大方的沉穩，實在不像一個高中生。

「稱呼妳就隨意吧，我現在比較想知道的是，為什麼妳要叫殺人偵探來這間水族館？」

「就像我在筆記本最後寫的，我是你的大粉絲。」張藍露出微笑，「那麼想見偶像一面，也是很正常的事吧。」

「喔？」

我挑起一邊眉毛，有些訝異。

真沒想到，這世間竟會有人是殺人偵探的粉絲。

「傳說沒有殺人偵探解不開的案子，就算再複雜和奇異的詭計，他都能完美解析，破案率高達百分之百，崇敬這樣的對象，並不奇怪吧。」

「既然妳這麼清楚殺人偵探的事——」

為了嚇唬她，我推了推臉上的黑框眼鏡，擺出再嚴肅不過的表情問道：

「那妳應該知道破案的『代價』吧？」

「當然知道。」

張藍點了點頭說道：

「在偵破案子的過程中——

必定會多死一人。」

「……」

「但是，那也沒什麼吧。」

張藍的語氣很平靜，就像是在說一件稀鬆平常的事。

我對眼前的張藍越來越感到奇異。

「妳……真的是女高中生嗎？」

「如假包換的十六歲，正是青春洋溢之時。」

張藍雙手拉起護校制服的裙襬，向我微蹲施禮。

「嗯……我就說嘛，我看女人的眼光怎麼可能會錯。」

我銳利的眼神穿透張藍的衣服，一寸寸地掃過她的身體。

「一百五十三公分……如水一般柔嫩的肌膚、發育優良的姣好身材，這正是極品女高中生的身體啊——」

「——咦？」

聽到我這麼說，張藍發出狐疑的聲音。

我趕緊收斂表情，擺出高深莫測的模樣。

「嗯……是我聽錯了嗎？殺人偵探怎麼可能這麼輕浮。」

張藍閉眼搖了搖頭，像是要將剛剛浮現腦中的想法甩開。

我得謹慎點才行，有女高中生對殺人偵探有好感，這可不是天天都能遇到的好事。

「關於殺人偵探的傳聞有很多，但都曖昧不明、真假難辨，沒人知道他的外觀，也沒人知道他的性別。但就在我多方搜尋下，得知一名男性常常出現在案件現場。」

張藍從懷中拿出一張照片，因為是從遠處拍下的關係，解析度不是很好，但依稀能看出那是我。

「戴著黑框眼鏡，穿著三件式的西裝、墨綠色的上衣內裡和褲子、黑色絲綢手套跟靛藍色的領帶，這應該是你吧？莫先生。」

「確實是我沒錯。」

「只要是和殺人偵探有關的案子，都有你的身影；所以依此推測，你就是殺人偵探，對吧？」

我沉默不語，只是露出微笑。

「『他化身凶手、成為凶手——他是最擅長殺人的偵探。』」

張藍以清澈無比的眼神注視著我。

「這是人們最常用來形容殺人偵探的句子，由此當作基礎，並分析各項搜尋來的資料，我已經成功解開有關殺人偵探的謎團了。」

「謎團？」

「『為何所有案子都會多死一人』以及『為何說他是最擅長殺人的偵探』。」

「我說啊……妳到底是何方神聖。」

如果她說的是真的，僅憑那些零碎的資訊，就推論出殺人偵探的祕密。

那麼，與其說她聰慧或邏輯清晰……

不如說她更像是個真正的偵探。

「不，我並沒有什麼特殊喔。」張藍搖搖手，「我只是一個崇敬殺人偵探的普通女高中生而已。」

「那麼，依照妳的分析，殺人偵探是使用怎樣的手法破案呢？」

「『犯罪模擬』。」

張藍指著自己的腦袋說道：

「據我推測，殺人偵探應該是個專精犯罪心理學的人，很擅長揣摩『凶手』的思考。」

「喔喔……」

「所以他能輕易地化身『凶手』、成為『凶手』，模擬出『凶手』的行動，推測出對方的殺人計畫。」

「嗯……」

我抱臂沉吟一會兒後，對張藍說道：

「六十分。」

「什麼？」

「妳的答案大概六十分，雖然離真相很近，但並非完全正確。」

「所以……殺人偵探並不是用『犯罪模擬』破案的？」

「不是。」

聽到我確切的否認，張藍嘴巴微張，一副不可置信的模樣。

從初見面到現在，她這才露出一個符合她年齡的表情。

看來她原本對自己的推論很有自信。

不過——

「太好了……」

她的失望，馬上變成了欣喜。

雙眼放出光芒的她，露出饒有興趣的眼神看著我。

「原來殺人偵探……是個超脫我想像範疇的存在啊。」

「……妳還真是迷戀殺人偵探啊。」

「我一直希望有一天能待在殺人偵探旁邊，當他的助手。」

「勸妳最好不要。」

這次並非開玩笑。

我再度推了推眼鏡，以嚴正無比的態度向她說道：

「要是真的當了殺人偵探的助手，妳會死的。」

「……喔？」

腦中浮現殺人偵探的背影，我的聲音不禁低了下去。

「殺人偵探破案，靠的不是模擬，而是實實在在的『殺人』。」

「…………」

張藍睜著大大的眼睛看著我。

「待在他的身旁，就意味著每天面臨生命危險。」

不是靠洞察也不是靠觀察。

殺人偵探唯一能憑藉的，就是化身凶手、成為凶手——然後用殺人去破案。

他的思維模式，只能用孤獨和可悲來形容。

「莫先生。」

張藍突然叫了我一聲，讓一時恍惚的我回過神來。

她雙手交握在裙子前方，露出優雅的微笑，緩緩說道：

「你不是殺人偵探，對吧？」

「……」

「若你是他本人，你是不會說『待在他身旁』這樣的話的。」

「…………」

一滴冷汗從我額頭流下，我趕緊用黑色絲綢手套擦掉。

「其實，你的真實身分，應該是殺人偵探的助手之類的吧？」

不過一瞬之間的破綻，就被她完全看穿了。

張藍猜得沒錯，我並不是殺人偵探。

真正的殺人偵探另有其人，我不過是他的影子、附屬品、經紀人——或者可說是代行者。

要是以著名的《福爾摩斯》系列來比喻，我就是裡頭的華生。

因為各式各樣的原因，殺人偵探永不現身解謎。

所以，身為他最為得力的助手，我擔負著成為眾人焦點的責任。

「……」

張藍繼續以懷疑的眼光打量我，我則露出鐵壁般的營業用笑容。

面對這傢伙真是大意不得，只要稍稍鬆懈，就會被她看穿心思。

但就算再聰明，也不過是個高中生。

歷經多次大風大浪、生死關頭的我，是絕對不可能栽在高中小毛頭手中的——

「莫先生。」

「嗯？」

「只要你願意告訴我真相，我就任你處置。」

「——————！」

我動搖了。

大大的動搖了。

「這交易如何？」

張藍一手拉起短短的裙角，讓自己呈現一個要曝光卻又沒曝光的絕妙角度。

「等、等一下！」我趕緊伸手阻止她。

就連我剛剛一時間展露出來的色心都被看穿了。

緊握拳頭，我強制將要笑開的臉繃回嚴肅的模樣。

「我說啊，別愚弄大人，我可足足大了妳快十歲啊——」

「要是你願意跟我說實話——」

張藍無視我的宣言，緩緩說道：

「我就讓你摸一下胸部。」

「妳說得沒錯，我不是殺人偵探。」

❖　❖　❖

「唉呀，現在的女高中生真是可怕。」

事件都還沒展開，我的身分就完全暴露了。

既然已經如此，那我也不用再裝得一副道貌岸然的模樣。

我躺在椅子中，蹺起腳笑道：「竟然不惜用身體誘惑也要套出真相，真是太開放了。不過大哥哥我倒是挺喜歡這種風格的。」

「……好輕浮。」

坐在我對面的張藍似乎小聲說了什麼，但我沒聽清楚。

「張藍，妳要知道，殺人偵探的事是機密，本不該隨便亂說，但今天不管妳想要知道什麼，我保證絕對知無不言，只是──」

我雙手交握托在下巴處，認真無比地說：

「別忘了妳剛說過要讓我摸胸部，那很重要。」

「……………」

張藍陷入沉默。

接著，她輕嘆一口氣。

「莫先生，我沒有失禮的意思。」

她微微歪著頭，露出燦爛的笑容。

「但像你這種垃圾待在殺人偵探身邊，真的不太好，你可曾考慮過自殺？」

「妳這問題叫做沒有失禮的意思？」

根本百分之百都在失禮吧。

女人真是恐怖。

一開始的熱情彷彿假的一般，張藍此時雖然面帶笑容，但眼神中一點笑意都沒有，就像是在看垃圾。

「當你不是殺人偵探的那瞬間，你就註定成為無價值的人了。」

「妳到底是有多崇敬殺人偵探。」

「這世界上的人類分成兩種人──殺人偵探和殺人偵探以外的人。」

「妳這傢伙對殺人偵探的好感度已經到達危險的地步了！」

時間是早上八點四十分。

我和張藍面對面坐在水族館的一個房間中，可能因為水族館還未開幕的關係，裡頭非常簡陋，只有一張桌子和幾張沙發。

「藍兒，別這樣對客人說話。」

一個柔和的聲音從身後傳來，我轉頭一看。

只見一名和張藍長得非常神似的美麗女性站在我身後，遞上幾份精緻的茶點。

「莫先生你好，我是張藍的母親，名叫徐水悠。」

「喔喔……真是好聽的名字啊。」

我上下打量她，可能是正準備要去工作的關係，她的身上穿著緊密貼身的潛水服，完全襯托出她姣好的身材來，看起來完全不像是生過一個孩子的母親。

我對徐水悠露出爽朗的笑容說道：

「要是今晚有空的話，不知可否和我去吃個飯——嗚啊！」

我側身閃過張藍潑來的熱茶。

「抱歉，莫先生，我的手主觀性地滑了一下。」

「那不就是故意嗎！說得這麼繞圈子做什麼！」

「我怎麼可能是故意的。」張藍露出意外的表情，搖了搖手，「沒人會故意去燙死一隻蟲子吧？」

「妳這傢伙……」

「好啦，藍兒。」

徐水悠輕輕一敲張藍的頭。

「一個女孩子家，怎麼這樣跟人說話？」

被徐水悠訓斥，張藍順從地低下頭，不再多言。

看來在母親面前，她不敢過度放肆。

那麼──

「──呸。」

趁著徐水悠沒注意，我對張藍做了個鬼臉。

張藍本想開口說些什麼，但她看了身旁的徐水悠一眼，還是低下頭。

「張藍，我喝完茶了。」

我將空茶杯遞到她面前，露出微笑。

「可以請妳幫我這個『客人』倒杯茶嗎？」

張藍緊握拳頭，氣得渾身顫抖。

嗯，女高中生眼眶含淚瞪著我的模樣，意外地感覺還不錯。

誰教妳剛剛要用茶潑我，這就是報復。

「莫先生辛苦了，今天特地跑一趟。」

徐水悠替我斟滿了茶，坐到張藍身旁。

「我這個女兒從小就只有我一個母親，要是做了什麼失禮的舉動，還請你不要見怪。」

「好的，就算她教養不好、就算一切都是她的不對，我也一定會原諒她的。」

「媽媽，這傢伙越來越得寸進尺了！」張藍站起身來，指著我告狀：「他剛剛明明才說要摸我的胸部——」

「這怎麼可能呢。」

我推了推黑框眼鏡，擺出一副無辜的表情。

「哪有男生會在初次見面時說這種話啊，又不是變態。」

「就是說啊，藍兒。」徐水悠點點頭，「莫先生看起來一臉正派，一定是妳誤會了什麼吧。」

張藍微微張嘴，似乎想說什麼，然而最後還是放棄地坐回座位。

我對她露出勝利的笑容，她再度氣得咬牙。

徐水悠手托著臉頰，輕嘆一口氣道：「莫先生，也不知是怎麼回事，小女並沒有什麼朋友。」

這我倒是不意外。

相對於同年齡的孩子，張藍似乎太聰明了點。

會與周遭格格不入，也是很正常的事。

「但小女是真的很喜歡殺人偵探，若你方便的話，請你在許可範圍內說說他的故事給小女聽吧。」徐水悠露出淡淡的微笑，「我已經很久沒看過她像今天這麼活潑的樣子了，很開心你能來到這邊，不過不好意思，因為還有工作的關係，我先失陪了。」

徐水悠站起身來，向張藍伸出手，似乎是想討要什麼東西。

「媽，妳最近不是都沒什麼睡嗎？就不要忙了吧。」

聽張藍這麼說，我注意到徐水悠的眼底有著深深的黑眼圈，像是許久沒好好休息。

「水族館快建好了，我得努力讓它趕上開幕。」

「……嗯。」

「要是正式開幕了，『他』就會回來了吧。」

「……」

聽到徐水悠這麼說，張藍一瞬間露出有些受傷的表情。

究竟那個「他」是誰呢？

「藍兒，把鑰匙給我吧。」

張藍嘆了一口氣，將一大串沉重的鑰匙交到徐水悠手上。

徐水悠輕輕地向我點頭示意，露出有些歉疚的笑容後，轉身離開房間。

看著她的背影，我喃喃道：「真的……是個好母親呢。」

「是啊……雖然有時有點傻，但她真的是個好母親。」

「真的……是個好身材的母親呢。」

「……………」

張藍一言不發地拿著茶杯朝我頭上敲去，我趕緊用空手奪白刃的姿勢夾住。

「趁妳母親不在的時候，我們要不要來談論一下正事。」

「什麼正事？」

現在時間是八點五十分，我從隨身的袋子中掏出夾在筆記本內的信。

「張藍。」

收起玩鬧的笑容，我指著上頭的內容說道：

「妳為什麼要說謊？」

「咦？」

聽到我這麼問，張藍露出意外至極的表情。

「妳在信中寫著：『上午九點，這間水族館會發生一起凶殺案。』但是，不可能有人能預知即將發生的凶殺案，除非——」

我並未繼續說下去，但聰明的張藍馬上就知道我想說什麼。

於是，她露出微笑點了點頭說道：「除非我就是凶手，對吧？」

「但若妳真的是凶手，妳也不會寄這種會留下證據的信過來。」

「那麼，我為什麼要寫出這種內容呢？」

「理由只有一個。」

我重新摺好信紙收起。

「因為妳知道寫出這樣的內容，殺人偵探就一定會到來。」

只要知道某處有可能發生命案，殺人偵探就會前往。

「說吧，是哪個『警察』指使妳這麼做的？」

「莫先生怎麼會這樣問？」

「我和殺人偵探的情報，並不是那麼容易就能取得的東西，妳卻將這本筆記寄到我們住的地方。」

「身為殺人偵探的粉絲，這並不奇怪吧。」

「不，這很奇怪。」

我指著筆記本前頭的剪報、筆錄和照片。

「此外，筆記本中，有著如筆錄這種警方才會擁有的資訊，所以從此處可以很清楚地知道——是某個熟知我們事情的『警察』，指使妳寫出這樣的信，將我們引來此處的，對吧？」

「喔喔……」

張藍輕輕拍了拍手，看我的眼神不再那麼冷淡。

「僅憑一點點線索就能推斷到這種地步，真是令人敬佩，莫先生真的不是殺人偵探本人嗎？」

「我說過了，我不是，而且別逃避我的問題——那個警察究竟是誰？是誰，這麼瞭解我們的事？

「我答應過他，要為他保密。」

張藍輕輕搖頭，向我說道：

「而且，莫先生你誤會了一件事。」

「什麼事？」

「我的資料的確是從警察手中取得，將你們誘來的內容也是他教我寫的，但是想見殺人偵探的人——」張藍手撫胸口，「一直都是我本人。」

「……」

「我一直想見他，因為我有一個無論如何都要當面問他的問題。」

「……什麼問題？」

張藍晶亮的雙眼注視著我，緩緩問道：

「為什麼……他要殺人呢？」

這是個簡明卻又清楚無比的提問。

筆直刺過來的問題，讓人沒有任何閃避的空間。

「『他化身凶手、成為凶手——他是最擅長殺人的偵探。』」

張藍雙手交握放在腿上，繼續說道：

「若每個案子他都殺一人，那麼他至今為止也殺了上百人。」

張藍打量著我的臉，彷彿是想看穿我的心思。

「所以，我想知道他為何要殺人，在殺人時究竟又在想些什麼？」

「妳想要知道這些，是為了什麼？」

「因為，我有想殺的人。」

「……咦？」

我非常驚訝，甚至一度以為是自己聽錯。

但張藍在我面前挺直脊背，以再清楚不過的聲音，向我緩緩說道：

「我啊……想要殺掉某個人呢。」

我與殺人偵探一起經歷過許多命案，看過各式各樣的殺人者。

張藍此時的眼神，就跟那些人一樣——就跟殺人偵探一樣。

「妳——」

就在我想問得更清楚的瞬間……

恍若要呼應張藍的話，一陣淒厲的慘叫突然響徹了整間水族館。

「啊啊啊啊啊啊啊啊啊啊啊啊啊啊——！」

「咦……」

我低頭一看手機時間，上頭顯示的時間正是九點。

與信中預告的殺人時間一秒不差。

難道真的是張藍她——

我看向身旁的張藍，結果發現她的表情和我一樣錯愕。

「啊啊啊啊啊啊啊啊啊啊啊啊啊啊啊啊啊啊啊啊啊啊啊——！」

慘叫聲更大了！我的心中起了不祥的預感。

——這是人將死之前的哀鳴。

一股不妙的感覺瀰漫在空氣中，而那也是我再熟悉不過的氛圍。

我感受到了，命案即將發生。

而且——

「媽……媽……」

張藍的臉色猛地慘白。

「為什麼……是媽媽？」

沒錯。最弔詭的是，這慘叫聲，聽起來像是十分鐘前離開這個房間的徐水悠。

「慘叫聲是從哪裡傳出來的？」

我搖著張藍的肩膀質問她！

「我、我……」

就像被釣上岸的魚，張藍的嘴巴一張一闔。

「冷靜點！現在說不定還來得及！」

我看著張藍的雙眼，大聲問道：

「妳母親不是說要工作嗎？知不知道她去哪裡了？」

「她剛剛、剛剛……」

張藍深呼吸幾口氣後，指著北邊說道：

「她之前說過要到這個水族館裡最大的觀賞室——『海』中，去清洗裡頭的水族箱。」

「帶我過去！」

牽起張藍的手，我們往慘叫傳來的地點跑去。

❖　❖　❖

「啊啊啊啊啊啊啊————！」

慘叫聲從名為「海」的密封房間傳出。

「海」被一扇重重的木門關住，並在門把處有著厚實的鎖頭。

我試著推了推木門，結果堅固的它紋絲不動。

就算用蠻力硬撞，也撞不開。

我意識到了，這是間密室。

不祥的預感越來越濃厚。

「張藍，有沒有這房間的鑰匙？」

「沒、沒有，僅有的一把，剛剛被媽媽拿走了。」

「沒有備用的嗎？」

張藍搖頭。

「嘖……」

唯一的鑰匙，就在剛剛張藍交給徐水悠的那一串中嗎？

被這聲慘叫吸引，陸陸續續的有人跑了過來。

「怎麼這麼吵啊！」

第一個過來的，是一個肥胖的中年大叔。

「……」

第二個過來的，是一個目光銳利、穿著黑色長風衣、嘴邊留有鬍碴，有些風塵味的三十歲男子。

第三個——也是最後一個到場的，是一名拿著黑色陽傘的黑衣少女。

「來得正好！你們兩個男人，一起幫忙撞門！」

我趕緊招呼胖子和風衣男幫忙。

胖子喃喃念著「為什麼我要做這種事」之類的抱怨，而風衣男依然一句話都沒吭。

在張藍和黑衣少女的旁觀下，我們三個大漢一同撞門！

「一、二──撞！」

──砰！

但就算撞上幾十次，厚實的門連凹痕都沒產生，更別說要把它撞開了。

裡頭的慘叫越來越弱，似乎即將消失。

要是不當機立斷，就再也來不及了。

「看來……只能如此了。」

我嘴巴咬著右手戴著的黑色手套，將其脫掉。

「莫先生，你的手──」

張藍發出驚呼！

我知道我的手很可怖，上頭布滿了醜陋的傷疤。

為了不嚇到他人，我平常才用黑色手套遮住。

但現在為了救人，已顧不上這麼多了。

將右手併成手刀。

我擺好馬步，將手刀對準鎖頭跟木門的連結處。

「──破！」

使盡全力，我將手插進木門處！

一陣劇痛灌入右手手掌！

或許指骨裂了吧？但這樣的付出是有收穫的。

在我的強攻下，木門被我插出了一道裂痕！

「破！破！破！破！破！」

左手肘、右手肘、左膝蓋、右膝蓋！

我以暴風般的速度瞄準裂痕處連打！

裂痕越來越大，我雙手伸進去加大裂痕，最後將整個鎖頭卸了下來！

與此同時，房間中的慘叫聲也戛然停止。

我們三個男人同時使力，推開沉重的木門，只見——

——徐水悠身處盛滿水的水槽中，不斷痛苦掙扎。

這真的是個詭異又恐怖至極的情景。

在約莫兩個人高的巨大水槽中，閉著眼的徐水悠不斷揮舞著四肢，就像很痛苦似的。

水槽底部，躺著徐水悠從張藍手中接過的那串鑰匙。

幾條斷裂的黑色電線，就像黑色的蛇一般在水中不斷扭動，從中漏出來的電，讓徐水悠不斷痙攣、抽搐。

——這是處刑。

眼前的光景讓我不由自主地這麼想。

在我們五個人面前，徐水悠被殘酷至極的處刑。

「啊、啊啊……」

無法置信的張藍在看到徐水悠的樣子後雙腳一軟，跪倒在地。

「啊啊啊啊啊啊啊啊啊啊啊啊啊啊——！」

接著，她發出了淒厲至極的哭喊！

❖ ❖ ❖

在那之後，張藍迅速地切斷了所有電源，將徐水悠從水槽中拉了出來。

但是，一切都已來不及。

「媽媽！妳不能死！妳不能丟下我一個人啊！」

張藍一邊流著眼淚，一邊對徐水悠進行人工呼吸、心臟按摩——最後甚至出動了AED心臟去顫器，但這依然沒有挽回徐水悠的性命。

現場很快地被警方封鎖起來。

事後我們知道，當時在這間水族館中的只有五個人。

我、張藍、胖子、風衣男、黑衣女。

但在確定這個事實的瞬間，這起命案也陷入了死局。

死亡現場是間完全的密室，鎖頭完整無缺，沒有任何被動過手腳的痕跡，而所有電器和機械都只能在裡頭操作。

徐水悠發出慘叫時，五人都在密室外頭。

我們同時進入房間，並同時看著張藍母親觸電死去。

也就是說——

所有人，都有不在場證明。

沒有人能將徐水悠電死，也沒有人能進入房間中。

這起命案，沒有人有可能犯案。

chapter 02 特殊命案科

「死者是徐水悠，三十五歲女性，育有一女名為張藍，配偶在十年前過世，無其他親人，據聞最近似乎有了新的愛人。」

眼前的風衣男呼出一口煙，雙眼放出懾人的光芒看著我問道：

「那麼，莫向陽——你為什麼要殺掉徐水悠呢？」

在水族館的某個小房間中，我和風衣男面對面。

第一眼見面時我沒發覺，但這傢伙其實是警察。

在他一聲令下，水族館被外頭的警方封鎖起來，只剩下目睹徐水悠死亡的五人在裡頭。

我打量了一下面前的風衣男。

他約莫三十歲，長長的頭髮有些凌亂；雖被黑色風衣遮住，但看得出來身體健壯；粗獷且線條分明的臉龐下方有著一些短鬚，整個人非常有男人味。

風衣男咬著菸，向我做了簡單的自我介紹：

「我的名字叫作司馬封，在警界中隸屬於『特殊命案科』。」

「喔喔……不管是名字還是所屬單位都好中二的感覺。」

「……」

「你的成長過程中應該常因名字被取笑吧，真是辛苦你了。」

我伸出手，想拍拍司馬封的肩膀安慰他，但他以彷彿要殺人的寒冷眼光瞪了我一眼後，我便識趣地收回手。

「這是正式的偵訊，所以要是你在此自首，罪刑也會跟著減輕。」

「我說啊……你一口就咬定我是犯人是怎麼回事？」

「因為我們掌握到的證據，多處都顯示你是犯人。」

「並不是這樣吧。」

我將雙手枕在腦後，蹺起腿來。

「喔？」

「我猜猜……你應該是對每個人都這麼說吧？」

「先指稱對方是凶手，觀察對方是否動搖，要是運氣好，說不定凶手會自己坦承一切。」

「……」

「這種嚇唬人的方式，只能對待腦袋不靈光的人，對我可是一點用處都沒有。」

「不簡單，馬上就看穿我的用意是什麼。」

司馬封露出淺淺的笑容，看我的目光不再那麼咄咄逼人。

「身為警察，用這種誘騙的方式偵訊，並不符合法律程序吧？」

「『只要能破案，不管做什麼都能被原諒』。」司馬封再度吐出一口煙，淡淡地說：「我們『特殊命案科』，一直都是用這種方式辦案的。」

特殊命案科。

之前跟殺人偵探辦案時，確實曾耳聞這個奇怪的組織。

他們不受任何警政單位管轄，自由自在地辦案，不管到何方，當地警察都要受其指揮。

由少數精銳構成的他們，至今為止已破了許多無人能解的案子。

我本以為這組織的事只是傳聞，沒想到今天還真的讓我遇到了。

「總之，殺掉徐水悠的人並不是我。」我搖搖手道：「她關在密室中被電死，而那時我人在門外，怎麼想我都不可能是凶手。」

「若你的說法成立，在門外的人就不是凶手，那麼——」

司馬封取下香菸，摁在菸灰缸中。

「我們五個人，都不可能是凶手。」

「也是……」

所有人都有無可動搖的不在場證明。

這點真的很傷腦筋。

我在思考了一會後，問道：「或許徐水悠是自殺？」

「不可能。」

司馬封馬上否絕了我提出的可能性。

「要自殺的話，怎麼會採取電死自己這種麻煩至極的方式？有更多種方法可以讓自己死掉吧。」

「沒錯。」

跳樓、服毒、車禍，不管是哪個，都比電死自己來得確實而便利。

「而且若真要自殺，也不用特地製造密室吧？」

「還是那並非密室？」

「雖然從門外和門內上鎖都不用鑰匙，但打開是一定要鑰匙的，而僅有一把的鑰匙就在死者徐水悠的身下。名為『海』的房間在我們進去前是鎖著的，所以那確實是不折不扣的密室。」

「嗯……還是徐水悠是自殺，但因為她死意堅決，所以她將房間上鎖，不希望其他人救她？」

「這也有可能，但就我看來，這間密室的『完整度』，與其說是為了避免其他人救她——」

司馬封一邊抽著第二根菸一邊說道：

「不如說是為了拿來製造不在場證明。」

我不由得輕輕點頭，贊同司馬封的話。

這間密室太完美了。

「憑我多年辦案的直覺——而我相信你也跟我有一樣的感覺。」

司馬封用香菸指著我說道：

「這毫無疑問是起他殺案件。」

「嗯……」我抱臂沉思。

若「密室」、「他殺」這兩點是確定的。

那麼，凶手是怎麼作案的？又是怎麼在徐水悠死掉時，擁有不在場證明？

「是不是有什麼我們遺漏的地方呢……」

「我可以把目前已知的線索跟你說。」

「咦？」

我抬起頭來，為司馬封的親切感到訝異。

「第一，嫌犯是待在水族館內的『五人』。」

司馬封無視我的驚訝，繼續把他調查出的線索和盤托出。

「就在張藍幫徐水悠急救時，我馬上聯絡我的部下從外頭封鎖了水族館，所以我可以很篤定地跟你說，嫌犯就在這五人中。」

「等一下，為什麼你要跟我說這些——」

「第二，徐水悠的死因，確實是『電死』。」

司馬封打斷我的話後繼續說道：

「強烈的電流引起心臟停止，在張藍急救無效後，我有自己上前確認過屍體狀況，徐水悠身上除了被心臟去顫器電出來的焦痕外，沒有其他外傷。」

「嗯……」

「最後一個線索——也是最重要的一個，那就是五個人之中，我已經知道凶手是誰了。」

「……怎麼可能。」

僅憑這樣，就推論出凶手了？

「雖然密室之謎尚未解開，但有一個很明顯的證據能推斷凶手是誰。」

司馬封吐出一口煙，緩緩說道：

「凶手就是張藍。」

「……為什麼？」

「她不是寫給殺人偵探一封信嗎？上頭明確寫著九點會發生命案。」

請於八月十三日上午九點至「藍」水族館來。

屆時，將會有一起凶殺案發生。

「唯有凶手能預知幾點會死人吧？」司馬封揮舞手上的香菸說道：「恰巧徐水悠也是九點死亡。那麼，此案最有可能行凶的犯人，就是張藍——」

「——不對。」

我打斷司馬封的話。

「還有一個人可能是犯人。」

「喔？」

「那就是你，司馬先生。」

即使被我指著，他也沒露出驚慌的神情。

「別隨便亂汙衊警察啊，小心我以妨礙公務罪把你逮捕。」

「我不是亂說，是有憑有據的。」我看著他毫無波瀾的雙眼問道：「為什麼你知道信的內容？知道張藍在上頭寫著『九點』？」

「……」

「我猜你在張藍寄出前也看過信——不，或許……」

我想起那本筆記，張藍做的整理中，有著許多警方才有的資料。

「你就是指使她寫信的人，對吧？」

司馬封沒有回答我。

他咬著菸，露出淡淡的微笑。

但是光看他那意味深長的表情，我就知道自己猜對了。

「你就是那個幕後主使，你想要藉張藍的信將殺人偵探引來，是這樣吧？」

「沒錯。」

司馬封手肘支在桌上，露出輕笑。

「真不愧是殺人偵探的助手。」

「果然……」

他早就知道我是誰了。

「為了獎勵你，我就承認吧，給予張藍情報，並唆使她寫信的人──就是我。」

「你剛剛說出『九點』，是故意說溜嘴的嗎？」

「是啊，那不過是對你的小小測試，好險你有發現，沒讓我失望。」

「……」

「順道告訴你，我對徐水悠的案子一點都不感興趣。」

「──咦？」

「『十年前』，殺人偵探犯下一起誰都破不了的案子，我真正的目標是那個，所以不管用怎樣的手段，我都必須先將不現身的殺人偵探引出來。」

──十年前，殺人偵探那染血的笑容浮現在我腦中。

我趕緊搖搖頭，將這個情景從我腦中驅趕。

「十年前……你也在現場嗎？」

「是啊，從那天起，我就一直追逐殺人偵探──直到今天。」

我注意到了，司馬封在說這句話時雖然表情沒變，但他悄悄地握起拳頭。

「我也是為了殺人偵探才把水族館封起來的。」

司馬封的雙眼，放出如刀一般的光芒。

「這個案子沒破前，誰都不准走。」

「……這已經是非法監禁了吧？」

「我很期待呢。若是狀況陷入僵局，殺人偵探究竟會不會來幫助你呢？」

「就算把我這個助手關在這邊，殺人偵探也不會來救我的。」

雖然他喜歡命案現場，但他不會珍惜我的。

要是一不小心，我甚至有可能被他殺掉。

「誰知道呢？」

司馬封呼出一口煙。

「為了破案，什麼方法都該試試。」

看著司馬封抽著菸的冷酷臉龐，我突然意識到一件事。

「司馬封……」

「嗯？」

「『只要能破案，不管做什麼都能被原諒』，你剛剛是這麼說的吧？」

「是啊。」

「那麼，『故意犯下殺人案，藉此誘出殺人偵探』──這也是有可能的吧？」

你知道信的內容，於是你設下計策，在九點殺了徐水悠。

這是一石二鳥之計。

除了製造命案引誘殺人偵探到來，你還能讓張藍成為最大的嫌疑人。

「我一開始不就說了嗎？」

司馬封將手上的菸捻熄。

「嫌犯是待在水族館內的五人。」

五人。

那麼，當然也包括司馬封這個人。

❖ ❖ ❖

「稍微統整一下現有的情報……」

走出房間後，我在腦中整理。

死者：徐水悠。

死因：他殺、電死。

嫌犯：五人（我、張藍、司馬封、胖子、黑衣少女）。

未解之謎：密室、所有人都有不在場證明。

「至於死亡時間……」

我開始回憶。

和張藍喝茶時，我們還跟徐水悠說過幾句話，她離開房間的時間……大概是在八點五十分。

發出慘叫的時間，是在九點。

也就是說——

「死亡時間是『八點五十到九點』之間。」

在這短短十分鐘內，凶手製造密室之謎，電死了徐水悠。

「那麼，為了趕緊破案離開這裡，接著就去看看現場和其他兩位嫌疑人吧——痛。」

從右手傳來的劇痛，讓我走路的動作一頓。

對了……剛剛要救徐水悠時，我用手刀破開了木門。

大概是骨頭裂了，食指跟中指幾乎無法彎曲。

「莫先生，你還好吧？」

我抬頭一看，只見張藍不知何時來到我身旁，抓起我的手不住打量。

一股柔軟包裹住我的右手。

「嗚啊……看起來好不妙，莫先生不去看個醫生嗎？」

張藍的態度就跟初見面時一樣，根本看不出來母親才剛過世。

但我注意到了，她的眼睛有些浮腫，像是剛剛才大哭過一場。

「根本無法看醫生啊。」

我裝作沒發現她的哀色，指著身後的那扇門說道：

「那個喪心病狂的警察，說沒破案之前誰都別想出去。」

「破案……」

張藍低下頭，淡然道：

「也就是說，這是起他殺案件，而殺掉我母親的凶手，就在我們五個之中囉。」

「……」

還是一如既往的聰明過頭啊。

不過才一句話，就察覺到許多我沒說出口的事。

「而且，莫先生，我剛剛在殺人現場，注意到一件奇怪的事。」

「什麼事？」

「五個人之中，不是有一個中年胖子嗎？」

「嗯……？知道是知道啦。」

破門而入時他似乎有幫忙，但因為時間太趕了，對他沒留下什麼印象。

「進到現場後，他的身後站著一個黑色衣服、年齡跟我差不多的女孩子，莫先生有留意到嗎？」

「妳是說那個身材嬌小，有著及肩短髮和白皙皮膚，拿著黑面紅底的陽傘，穿著黑色連衣洋裝，裙襬處有著鮮血花紋裝飾，氣質及長相都非常驚人的女孩子嗎？」

「……男女之間的敘述差異真是大啊。」

「身為殺人偵探的助手，擁有令人驚訝的觀察力是應該的。」

「只對女孩子擁有觀察力，這的確令人驚訝。」

「所以，那個黑衣少女怎麼了？」

「她在事故現場時，做出一個異於常人的反應。」

「異常？」

「是的，她做出一個極其奇怪——甚至讓我懷疑她就是凶手的舉動。」

張藍手抵著嘴脣，一邊回想一邊說道：

「那時，所有進到房間中的人，都目擊到我母親在水槽中被電擊、極為痛苦的模樣——」

說到此處，張藍頓了一頓，眉頭輕輕皺了起來。

要回憶自己母親的死狀，想必是一件很難受的事吧。

但她仍在深吸一口氣後，像是沒事一般說道：

「所有人都露出震驚甚至驚恐的表情，唯有那個黑衣女孩——

「她露出了微笑。」

「微笑……？」

「是的，而且是非常漂亮的笑容，讓人看了會不自覺為之心動。」

在殺人現場露出這樣的笑容？

不管有怎樣的理由，都不該有這樣的反應。

除非……她就是兇手。

正為了自己的詭計成功而開心。

「不過話說回來，真虧妳能注意到這麼細微的事啊。」

我記得那時妳正驚慌失措地切掉電源，從水槽中拖出徐水悠急救。

「就算情緒再怎麼激動，我的理智依然能運作。」張藍低聲說道：「即使眼前就是母親的屍體，但我仍能留意到其他人的狀況。」

——她此時的身影，和殺人偵探重疊在一起。

我不由得有些呆愣。

「而且，就在我為母親的死而哭泣時，我滿腦子想的仍是怎麼抓出兇手。」

無法控制的因素影響著她，使得她與周遭格格不入，總是孤獨一人。

「莫先生……」

張藍抬起頭來，對我露出淡淡的微笑。

「我真是個討厭的女人，對吧？」

那是個表面完美，但撕開來比誰都還哀傷的笑容。

「妳不討厭的。」

我不自覺地伸出沒受傷的左手，輕輕拍了拍她的頭。

「妳沒有錯，什麼錯都沒有。」

「即使母親死後，我很快就恢復冷靜，也是如此嗎？」

「是啊。」

「即使我聰明過頭，也沒關係嗎？」

「我說啊……沒人會說自己聰明吧。」

「即使……即使我馬上就看穿莫先生現在安慰我，其實不過是想趁我不安時提高好感度，那也可以嗎？」

「……我收回前言，女孩子太聰明果然不太好。」

「呵……」

聽到我這麼說，張藍露出笑容。

她用雙手包裹住我受傷的右手。

「對了，莫先生。」

「嗯？」

「我一直忘了跟你道謝。」

她將頭輕輕靠在我的胸膛上。

「謝謝你，當時這麼努力想要救我母親。」

她並沒有再度流下淚。

「雖然……最後誰都沒救到她呢。」

彷彿是在說一件理所當然的事。

她輕輕嘆了一口氣，不再言語。

chapter 03

顯而易見的破綻

「我對這個案件一直有一個很在意的地方。」

走在我身邊的張藍皺著眉說道。

「在意哪邊呢？」

「為何凶手要用這麼『麻煩的手法』殺人？」

「確實……」

殺人有很多種方法，用刀刺死人或是下毒都很簡單。

但今天發生在我們面前的命案非常複雜繁瑣。

凶手製造了密室，並利用大水槽電死人。

這起凶殺案與其說是命案，不如說更像是某種大型表演。

「一定有著『某種理由』，逼迫凶手必須實行這樣的殺人手法。」

「但那會是什麼呢？」

不管怎麼思考，都無法想像出凶手實行這手法的理由。

就在我和張藍沉思的時候，我們來到了命案的現場。

「再從頭整理一次吧。」

張藍將手放在「海」這個房間的門把上。

「八點五十分媽媽離開房間，大概五分鐘後，我們聽到媽媽的慘叫聲，於是趕往『海』這個觀賞室。」

張藍一邊說，一邊打開「海」沉重的木門。

「九點時，慘叫聲停止，原本鎖著的房間也被我們開啟。接著，我們五個人同時看到媽媽正被處刑的模樣。」

雖然表情沒變，但說到「媽媽被處刑」時，張藍似乎輕輕皺了皺眉頭。

「雖然我不知道凶手製造密室的理由，但也多虧如此，我注意到了一件極其不自然的事——或者可說是整起命案中最大的破綻。」

「我猜猜，妳想說的應該是——」我豎起手指說道：「『慘叫聲』，對吧？」

「沒錯，不愧是莫先生，看來你也發覺了。」

我和張藍走在「海」中。

一眼就看得出來這個觀賞室曾花了多少心思設計。

無數林立的水槽裝滿清澈的水，雖然數量很多，但並不會給人壓迫感。相反地，會讓進入房間的人有種走入海中的感覺。

徐水悠的屍體已被帶走，地上用白色粉筆標記了她倒在地上時的位置。

在我和張藍正前方的，是電死徐水悠的巨大空水槽，因為水已經放掉的關係，造成密室之謎的鑰匙和斷裂的電線都躺在水槽底部。

「媽媽的慘叫聲持續了快五分鐘，但這根本不合理。」

指著面前的水槽，張藍繼續說道：

「她那時可是整個人浸在水中啊，怎麼可能發得出慘叫聲呢？」

「或許那時水還沒放滿？」

例如水只浸到她的腳部，或是只浸得到她的腰身？

「若是這樣也不合理。」張藍搖了搖頭，向我問道：「莫先生，一般人在觸電時——不，應該說在面臨生命危機時，會採取的行動是什麼？」

「嗯……」

我稍微一想後，馬上就明白張藍想說什麼。

「觸電時，人們會躲開、逃命、遠離觸電源——」

「不管是什麼都好，總之不會一直慘叫，對吧？」

「沒錯……」

我不斷回憶整個過程，也細細回想徐水悠在水中死亡時的情景。

——她穿著潛水服，就像睡著一般浮在水槽中，身體不斷抽搐。

雖然有斷裂的電線在她身邊漂搖，但徐水悠的身體和四肢並沒有被任何東西綁住。

也就是說，她的行動是自由的。

「這一點都不合理……」

徐水悠的行動實在太不合理了。

「會發出慘叫，就表示媽媽那時是清醒的。」

「但是，這不可能。」

我馬上接過張藍的話。

「她若是意識清醒，身體又沒被束縛住，那麼，她應該會在觸電的那刻逃跑才對。」

「媽媽慘叫了五分鐘，若是她有餘力慘叫，她更應該逃離水槽。」

邏輯上，常人不會乖乖沉浸在水槽中，然後白白被電，慘叫足足五分鐘。

「最合理的推斷，就是她那時已經失去意識，無法自由行動。」

也就是說——

「那個慘叫聲是假的。」

我跟張藍同聲說道。

互看一眼後，我們極有默契地開始在「海」中搜索起來。

若慘叫聲是偽造出來的，那很有可能有「那個東西」。

在經過半小時的尋找後。

我在命案水槽的後方角落找到了「那個東西」。

「小型擴音器……」

約莫五公分見方的黑色方塊，黏在不起眼的底部。

可能以為是水族館設施的一部分，警方並未特別將這個東西視為證物。

我試著操作了一下——

「啊啊啊啊啊啊啊啊啊啊啊啊啊啊——————！」

從裡頭傳來了徐水悠的慘叫聲，張藍聽到這叫聲後，跑到了我身邊。

這個錄音持續了約莫五分鐘。

我們兩個默默地聽著那和命案發生時相同的慘叫，同時意會到命案發生時，慘叫並非出自於徐水悠之口，而是出自這個小型擴音器。

凶手事前錄好了這個聲音，然後設定好時間，在八點五十五分時播放。

「我想，我已經破解『密室之謎』了。」

張藍一邊端詳著手中的小型擴音器，一邊這麼說道：

「原來……『凶手選擇這麼麻煩的殺人手法』以及『所有人都有不在場證明』這兩個謎團，同時也是破解這個案子的線索啊。」

「看來妳的想法和我是一樣的。」

一聽到她這麼說，我就知道我們想到了一塊去。

這次的案子，不用殺人偵探出馬。光靠我和張藍就能解決。

「——就讓我聽聽你們發現的真相吧。」

突然，一個冰冷的聲音從我們後方傳來。

我和張藍轉頭一看，只見司馬封叼著香菸，站在我們後方，露出似笑非笑的神情。

❖ ❖ ❖

「司馬先生……」

張藍有些驚訝地看著司馬封。

她的表情不像是和司馬封初次見面，而是訝異他怎麼會突然出現。

看來司馬封教唆她寫信的事是真的。

「……你為什麼跑到這邊來？」

「你們剛剛鬧出這麼大的動靜，想不被吸引來都難吧。」

司馬封手指夾著香菸，向我和張藍揮了揮手說道：

「不說這個了，快讓我見識一下殺人偵探助手的能耐吧。」

「……」

「只要解開真相，我就會放大家出去，不想一輩子被困在這邊，就快點說出你的發現。」

他吐了一口煙，態度十分高傲。

雖然照他的話做有些令人不快，但為了離開這邊，我還是強自按捺住心中的不悅。

「要解開這個命案的真相，我們必須按部就班，一步步破解謎團。」

我指著這個房間，向司馬封問道：

「首先……我們為何會認為這裡是『密室』呢？」

「很簡單吧，命案發生在九點，當時門是鎖的，鑰匙也在房間裡頭。」司馬封用香菸指著我說道：「你、我和胖子，不是費了九牛二虎之力，才打開鎖著的門嗎？」

「沒錯，在九點時，這個房間確實是密室，但是——

「在『九點之前』又如何呢？」

「喔？」

其實這是用刪去法就能想到的事情。

密室非常完整。

但若密室成立，那就不可能有人能殺得了房間內的徐水悠。

所以，徐水悠一定「不是在九點時」被殺的。

「這個房間在『九點前』並沒有人能證明它是密室吧？」

「我們為什麼要在意九點前的事？」司馬封吐出一口煙說道：「命案不是九點發生的嗎？」

「不對，命案根本就不是『九點』發生的。」

因為徐水悠發出慘叫，所以我們誤以為她還活著。

但是——

「慘叫聲是假的。」我拿著擴音器說道：「我手上的擴音器可以證明我的推論。」

「凶手為什麼要事先錄好慘叫聲？」

「他之所以這麼做，只可能有一個理由，那就是——混淆我們對命案發生時間的判斷。」

既然慘叫聲是事先錄好的，那根本就沒人知道徐水悠在什麼時候死亡。

甚至有可能徐水悠才剛離開我和張藍的視線，她就被殺死了。

「所以你的意思是，凶手是『在九點前殺死徐水悠』的？」

「沒錯，這樣密室就不成立了。」

看似錯綜複雜的案件，其實意外的簡單。

凶手在九點前殺死徐水悠，接著將她裝在裝滿水的水槽中，再從外面上鎖離開。等到設定好的慘叫聲響起，再裝作若無其事的樣子跟眾人一起跑過來。

「不錯的想法。」

司馬封叼著菸，輕輕點了點頭。

聽完我的分析後，他完全沒露出驚訝的表情。

我猜想，當他看到我手上的擴音器時，他可能瞬間就明白了案情的真相。

特殊命案科的警察，果然不是個簡單人物。

「依照你的推論，我們闖入房間時，徐水悠早已死去，對吧？」

「是的。」

「但是，我們之所以認為命案是發生在九點，並不只是因為慘叫聲這個因素吧？」

司馬封拍了拍水槽，「徐水悠的死因是『電死』。」

「這我知道。」

「我們五人一進門時，徐水悠不是『正因為電擊而痛苦掙扎』嗎？」

「……」

九點我們闖入「海」中時，徐水悠就在我們面前的水槽中，不斷抽搐、痙攣。

「死人是不會動的，若是徐水悠早已死掉，那她又怎麼在我們眼前胡亂掙扎？」

司馬封的臉上有著淡淡的微笑。

他的態度與其說是在質疑我，不如說是在考驗我。

我有預感，他其實早已知道答案，但他故意什麼都不說，只是不斷對我拋出問題。

「這也是個很巧妙的陷阱。」

凶手之所以選擇這麼複雜的作案手法，為的也是這個。

為了讓徐水悠看起來像是在九點死亡，他「只能」選擇「電死」這個方法。

「那是因為——」

「我知道凶手是誰了！」

我話還沒說完，就被一個霹靂般的大吼給打斷！

轉頭一看，只見一名滿面油光的中年胖子不知何時站在了我們身後。

「唉……」

看到那個胖子進來，司馬封就像壞了興致般嘆一口氣。

他熄掉手上的菸，轉身離開了「海」。

「雖然話還沒說完，但看你剛剛的表情，我相信你應該和我一樣，都解出了命案的手法。」

背對著我們的司馬封，揮了揮手。

「但是，那並非絕對正確的答案，只要繼續往下走，你遲早會跟我一樣撞到死路。」

「……什麼意思？」

「這起案件，沒有人有可能是凶手。」

丟下一句意味深長的話後，司馬封轉身離開。

中年胖子攔下司馬封，試圖想要跟他說些什麼，但是司馬封搖頭拒絕了他。

從遠處聽到的隻字片語判斷，大致可以明白是中年胖子想要離開這間水族館，但司馬封堅決不答應。

「莫先生。」張藍附在我耳邊向我悄聲說道：「那個胖子叫許龐之，是個販賣水槽和養魚用具的中盤商，這間水族館中的硬體設備幾乎都是他賣給我們的。」

我點了點頭，將這些資料記在心中。

看著許龐之和司馬封爭執的模樣，我的腦中一直在思考司馬封剛剛所說的話。

就算解開了手法，我們依然找不出凶手嗎？

真有可能是如此嗎？

「莫名其妙！我說我知道凶手是誰了啊！那個警官還不放人，我出去後一定要告死他！」

在司馬封離開「海」後，眼前的中年胖子依然不斷大吵大鬧。

「真是的，一個個都怪裡怪氣的。」

中年胖子朝地上吐了一口口水，神態憤憤不平。

「許老闆，你別這麼激動。」張藍在旁安撫道：「如果你知道凶手是誰，就跟剛剛那位警官好好再說一次，這樣大家就能出去了——」

——啪！

中年胖子一把揮開張藍伸出去的手，大聲說道：

「別碰我！妳這殺了自己母親的凶手！」

「——咦？」

他此時說出的話，讓我和張藍同時愣住。

「最有可能成為凶手的就是妳！身為徐水悠的女兒，妳比誰都還熟悉這邊的設備要怎麼操作！」許寵之指著張藍大聲說道：「這五個人中，妳是凶手的可能性最高！」

布置機關和使用這邊的器具，都需要一定的熟練度。

若只是一個單純的外人，是很難製造密室，安排這麼複雜的計策後電死徐水悠的。

「反正妳一定是耍了什麼詭計製造了不在場證明，然後殺死妳母親的，對吧！」

許寵之說得沒錯，若是從這點看，張藍的嫌疑確實非常大，但是——

「許老闆。」

我擋在張藍的前方。

「我們五個人中，我和張藍是最沒有嫌疑的人。」

「為什麼？」

「看到徐水悠最後一面的人是我們，然後一直到九點，我們都在一起。」

沒有人的不在場證明比我們兩個還要明確。

「她一定是……對，一定是用了什麼驚天的計策。」

「這段期間，張藍沒有離開我的視線，也沒有做出什麼奇怪的事。」

「啊啊——我懂了。」

許龐之走到我面前，以失禮至極的態度上下打量我。

「你一定是被張藍這小妮子給迷住了，才這麼幫她說話，對吧？」

「我說的都是事實，許胖子。」

「我叫許龐之！」

「抱、抱歉，是我不對，就算外表看起來是胖子，你的名字也不一定就叫胖子，我為我先入為主的觀念向你道歉——」

「你這傢伙想打架是吧！」

許龐之一手抓住我的衣領，一手掄起了拳頭。

「莫先生！」

「放心啦，張藍，沒事的。」

我露出笑容安撫張藍後，轉向許龐之的方向說道：

「話又說回來，許老闆你又如何呢？」

「我怎麼了？」

「身為販賣這些器材的人，你應該也很熟悉這些器材的操作吧？」

「——！」

聽到我這麼說，許龐之露出驚訝的表情，抓著我領子的手也稍微鬆開了些。

「那麼，安排水槽殺死徐水悠這種事，對你來說想必也是輕而易舉吧？」

「不，我沒有……」

「不知道許老闆在八點五十分到九點之間，是在做什麼呢？有沒有像張藍一樣有明確的不在場證明？」

「你這是把我當成凶手了嗎！」

「怎麼會呢？我相信你的智商應該不足以安排如此巧妙的詭計。」

「你在諷刺我很笨是不是——」

「許老闆覺得自己沒有笨到連殺人的詭計都想不出來，是嗎？」

「…………」

不管是承認自己笨還是不笨都不對，許龐之漲紅了一張臉，說不出話來。

我趁此時吐了吐舌頭，讓許龐之氣到連青筋都冒了出來。

誰教你剛剛要對張藍這麼粗暴，這是一點小小的回禮。

「總、總之我不是凶手。」

「哇，這句臺詞好像真正的凶手會說的話喔。」

「你、你這傢伙！」

許龐之揮拳向我臉上招呼過來！

我伸出沒受傷的左手，輕而易舉地接下。

「許老闆要握手啊，那真是太好了，我們來親近親近。」

我握住許龐之的手掌。

「痛痛痛痛痛——！」

我暗中使力，讓許龐之的手發出「喀喀」的聲響。

「快、快放開我！要不然我告死你——」

「哇喔，這真是太可怕了！嚇到我都不自覺地使力了！」

我收緊了手掌，讓許龐之痛到滿臉冷汗。

「我再問一次，你八點五十分到九點間在做什麼？」

「我、我錯了！是我不對！拜託你快放開我的手！」

「我、我——」

「快說——！」

不斷加強的力道，讓許龐之面色慘白。

「……我、我在到處找尋徐水悠。」

「——什麼？」

雖然聲音很小，但我聽得很清楚。

「徐水悠欠我一大筆錢！」

許龐之有些崩潰的大喊：

「我不斷在水族館中亂逛，想要叫徐水悠將欠的錢還我。」

「也就是說，你一直是獨自一人囉！」

「對啦！可以把手放開了吧！」

我鬆開手，許龐之按著剛剛被我緊握的手，轉身落荒而逃！

看著他的背影，我喃喃道：「沒有不在場證明——」

而且又和徐水悠有金錢糾紛，說不定就某方面來說，許龐之才是嫌疑最大的人。

chapter 04 電死的理由

「嫌疑人還有一位黑衣少女，我們不去找她嗎？莫先生。」

「不用，就算不問她的證詞，也能解決這起案子。」

我和張藍現在正往主控室走去。

主控室中有著館內所有監視攝影機的錄像。

雖然因為這間水族館還未正式啟用的關係，館內的監視器多數都只是擺著當裝飾品。

「我好像有看到『海』中有幾架監視攝影機，那幾架在命案發生時有運作嗎？」

「喔喔，那個是司馬先生在命案發生後架的，因為跟水族館的系統完全無關，所以我沒有使用的權限。」

「司馬封架設的？」

「他故意不封鎖現場，想要看凶手會不會重回現場湮滅證據。」

「這個人的心機真重。」

辦案的手法跟一般警察完全不同。

也難怪我們可以發現擴音器了，因為那是司馬封故意留在那邊，用來引誘凶手的陷阱，而凶手也知道這點，所以才沒回頭來將擴音器拿走。

「確實感覺司馬先生是個很深沉的人。」張藍手指抵著嘴巴說道：「我原本也沒見過他，但前幾天他突然出現，不但將殺人偵探的資料交給我，還教我怎麼寫出引誘殺人偵探的信。」

「……他到底是什麼來歷？」

跟殺人偵探又有什麼因緣？

「我也不清楚，反正能將殺人偵探叫來，我也就不多問，乖乖照著他的話做了。」

「妳也是個不簡單的人物啊……」

「謝謝誇獎。」

張藍對我露出高雅的微笑。

雖然她大概也知道，我剛才那句話並不是在誇讚她。

「所以，司馬封架設的監視器有拍到什麼嗎？」

「好像沒有。」

「現在只能指望主控室中有留下什麼有用的資料嗎……」

「我想應該會有吧。」張藍指著走廊上某架攝影機說道：「為了避免昂貴的設備被小偷盜走，走廊的監視器多數都有在錄影。」

「很好，只要確認那些影像，我就能知道凶手是誰了。」

「即使不用確認黑衣少女的證詞也沒關係？」

「沒錯，因為這起案件的手法已經解開了。」

「我想聽聽看莫先生的看法。」

張藍晶亮的眼睛中，沒有任何疑惑之意。

看來聰明的她，大概也和我跟司馬封一樣，早早就解開了謎團。

「根據我剛才的推測，徐水悠在九點前就死了。」

凶手將徐水悠殺死，並將屍體放在盛滿水的水槽中，接著凶手鎖起「海」的門，製造密室後離開。

「慘叫聲是事前錄好的。」

當時間一到，慘叫聲就會自動播放，讓人誤以為徐水悠是在九點死掉。

「可是，若以上的說法是對的，徐水悠早已在九點前死去，那我們闖入房間後，不可能看到徐水悠在水槽中痛苦掙扎。畢竟死人是不會自己亂動的。」

「原則上這是對的，但是有一種情況例外——

「——那就是『當屍體觸電』時。」

「果然……如此啊。」

聽到我這麼說，張藍嘆了一口氣，點了點頭。

「就算是屍體，只要用強烈的電流給予其電擊，她的肌肉仍會收縮。」

在學校時也曾做過這樣的實驗。

用電流電死掉的青蛙，牠的腿就會產生抖動。

「所以我們闖入後，才會看到媽媽在胡亂掙扎啊——儘管她那時已經死掉了。」

張藍的手緊握到指節都發白了，但我仍當作沒看見。

在發現擴音器時，她早就知道一切了。

她現在只是想透過我的嘴，來確認自己的推論是否有誤。

即使這很殘忍，但我也必須繼續說下去。

要是連可以站在她對等立場的我都不說出來，又有誰能將真相道出呢。

「凶手之所以選擇用『大型水槽電死人』這麼複雜的作案手法，也是因為他別無選擇。」

因為只有這樣的殺人方式，才能讓人在死後產生動作。

「不論是『密室』、『電死』、『錄好的慘叫聲』，都是為了一個目的。」

「『混淆死亡時間』……對吧？」

「是的，凶手希望藉這些手法，讓目睹屍體的大家出現這樣的認知——『徐水悠在九點時被電死』。」

這樣，當所有人一同進入房間的那瞬間，凶手的不在場證明就完成了。

「所以說，整起案件的過程大致如下——」

一、徐水悠在八點五十分走出房間，被凶手電死。

二、凶手將徐水悠裝在「海」的大型水槽中，並將鑰匙和通電的電線放入水中。

三、設定好擴音器。

四、鎖好房間，完成密室後離開。

五、在九點時，佯裝聽到慘叫聲趕來房間。

「這是個很高明且細膩的手法。」我有些敬佩凶手，「若是被誤導而覺得徐水悠在九點時死掉，那所有目擊者都會擁有不在場證明。」

「要是所有人都有不在場證明，媽媽的死就會被斷定成自殺或是意外吧？」

「沒錯，但是現在手法已經解開了。」

「所有人的不在場證明……全都不成立。」

「不。」

我指著我和張藍。

「我跟妳的不在場證明無可動搖。」

徐水悠的死亡時間，毫無疑問是在「九點前」。

但張藍和我一直都待在一起。

「所以，犯人的人選，縮小到剩三個人了。」

特殊命案科的司馬封。

販售水族器材的許龐之。

不知是何來歷的黑衣少女。

「今天要找出犯人很簡單。」

在說話途中，我和張藍來到了主控室的房門前。

「我們只要找出『八點五十到九點』之間，沒有不在場證明的人就好。」

只要查看這十分鐘間的監視紀錄，我就能知道凶手是誰。

❖ ❖ ❖

——喀嚓喀嚓！

「嗯？」

主控室的門被鎖住了。

「不好意思，莫先生，我都忘了它平常是鎖著的。」張藍向我道歉後說道：「鑰匙應該在……對，應該在媽媽拿走的那串鑰匙中。」

「……」

「那串鑰匙現在在水槽中，我去拿一下。」

「那個……要不要我去拿就好？」

「莫先生是在顧慮我嗎？」

「也不是啦……」

「真是溫柔呢。」張藍笑著說道：「但我是怎樣的女孩，莫先生不是早就知道了嗎？就算從裝著母親屍體的水槽中拿出鑰匙，我也不會怎樣的。」

她的笑容非常完美，就跟平常一樣。

——連是不是逞強都看不出來。

「我有信心，就算心中難受——就算身體因為抗拒而反胃，我的理智也會運作，它會告訴我：『這是破案要做的事，所以我必須完成。』」

她說這句話的模樣，又讓我想到了殺人偵探。

「……就算妳的行動不會被影響，但妳的心情依然會受傷。」

「反正，不會有任何人因此感到困擾。」

「我會感到困擾。」

看著張藍的雙眼，我認真地說：

「我會因為妳受傷而感到困擾。」

——時間在這瞬間靜止了。

張藍的雙眼瞪大，有些吃驚地看著我。

那是深深的注視，彷彿要看穿我的內心。

……糟了。

不該這麼說話的。

我趕緊露出輕浮的笑容，想要蒙混過去說道：

「畢竟妳答應要讓我摸的胸部，還沒讓我摸過呢——」

「——莫先生。」

張藍以細小卻又認真的語氣打斷我的話。

「你這麼說話，對我可是非常失禮的。」

「妳是說摸胸這點嗎？」

「你知道我不是在說這個的。」

「……」

果然，雖然只有一瞬間，但還是被看穿了嗎？

「我並不是誰的替身。」

張藍向我微微低下頭說道：

「所以，請別把我當成另一個人來說話。」

「嗯……」

「我是張藍，我並不是你原本想呵護的對象。」

張藍露出有些歉疚的笑容。

「我並不是殺人偵探喔。」

「…………………………………………」

就連這點都被看穿了嗎？

「我去取鑰匙了。」

張藍轉過身去，以小跑步的方式離開。

等到她離去後，我背靠門坐了下來。

真是的……

「所以我才討厭聰明的女孩子……」

這種被看穿內心的感覺，不管多少次都感到難受。

腦中浮現了殺人偵探那冷淡的臉龐。

早在十年前我就決定了。

我要當個隨心所欲，無法讓人看穿真心的男人。

若做不到如此，我是無法待在殺人偵探身旁的。

都怪張藍在某方面和殺人偵探太相似，才讓我亂了步調。

我雙手拍了拍臉頰，發出「啪啪」的聲響。

「我得振作點才行。」

就在此時，空氣突然一滯。

一股黑暗又冰冷的氛圍緩緩靠近我身旁，我不用轉頭確認，就知道來的人是誰。

「莫向陽。」

伴隨著毫無抑揚頓挫的聲音，最後一位嫌疑人緩緩走到我的面前。

面無表情的她拿著黑面紅底的陽傘，穿著裙襬染有血色的黑色洋裝。

「妳來了啊，陌羽——不。」

我對她露出笑容。

「殺人偵探。」

❖　❖　❖

——光是存在於該處，就會改變那個空間的氣氛。

不管是誰看到她，想必都會認同這樣的形容。

黑色的連身洋裝、黑色的絲綢手套、黑色的皮包、黑色的絲襪、黑色的高跟鞋。

整體服飾幾乎都以黑色構成，就算偶有別的顏色，那也是如血一般的鮮紅。

這些配色讓陌羽整個人散發出不祥的氣息，但她非人一般的美貌和氣質完全吃掉了服飾給人的不安感──僅留下了讓人不好接近的印象。

「不是說命案結束前都要裝作不認識的模樣嗎？妳這樣跑來找我說話，不是一件好事吧？」

「本來我也不想跟你說話的，尤其是那個叫司馬封的警察一直盯著我看。」

即使說著這樣的話，陌羽的表情依然沒什麼改變。

要不是因為認識了很久，我會連她眉頭輕皺了下都沒發現。

「這次的命案，似乎還不用殺人偵探出手。」我露出笑容道：「我已經看穿手法了，離抓到凶手只有一步之遙──」

「不。」陌羽輕輕搖了搖頭，「我心中的殺意越來越大，我感到自己已經快要進入『狀態』了。」

「……咦？」

「這起事件，並非表面上看起來那麼簡單。」

陌羽從懷中拿出一把短刀，眼神突然變得寒冷無比。

「所以，我才來找你。」

「該不會、該不會──」

「要是再不快點將案件解開，我就要開始殺人了。」

「…………」

看著刀子上銳利的光芒，我知道留給我解謎的時間已經所剩無幾。

「莫向陽。」

陌羽彎下腰來，將刀子橫在我的脖子上，輕輕說道：

「這次，不要被我殺了喔。」

冰冷的刀鋒貼在我的皮膚上，要是一個不小心就會被割傷。

陌羽的表情依然一點變化都沒有，但是從她身上散發的氣息變得更加刺骨、可怖。

——就像是個美麗的死神。

看著她近在眼前的精緻臉龐和深邃無比的雙眼，我用手指夾住刀鋒，將它輕輕移開我的脖子。

「謝謝妳，陌羽。」

「我沒有做任何值得你道謝的事。」

「不，妳是怕我毫無準備，就這樣被妳殺掉吧。」

我對她展露一個燦爛的笑容。

「放心吧，這次我一樣會做好殺人偵探助手的工作的。」

「……」

「我不會死的。」

「嗯。」

陌羽以淡然的態度點了點頭。

接著，她緩緩舉起刀子，做了一個她在進入「狀態」前，一直以來都會做的動作。

——她伸出赤紅且小巧的舌頭，輕輕舔了一下銳利的刀鋒。

一般女孩子若是做出這樣的動作，會讓旁人有詭異和危險的感覺。

但陌羽的動作非常優雅、自然，就像她手中拿的不是刀，而是一根橫笛。

雖然已看過很多次了，但我仍不由得被她此時的動作給吸引住目光。

這就像是某種「開關」。

從這刻起，陌羽將逐漸進入「狀態」——她將成為另一個人。

已經無可挽回了，殺人偵探即將開始辦案。

殺意會在陌羽心中不斷累積，等到合適的時機到來，她就會開始殺人。

「唉……」

我嘆了口氣，默默地和已經沒再看我的陌羽拉開距離。

現在的她眼中並不存在任何事物，在準備好之前，我也別再和她碰面會比較好。

隨著我轉身離開，陌羽的倩影逐漸從我的視線中消失。

但不管離得多遠，她那股非人的美麗依舊不減。

有時我常這麼想。

或許就是因為如此致命和危險，她才擁有如此驚人的美貌。

——才會如此吸引人。

因為，人類總會忍不住想要觸碰禁忌，想要將目光留在留不住的人身上。

人類，總是會憧憬得不到的事物。

「……嗚。」

等到遠離陌羽後，我才注意到，我的手止不住地顫抖，後背也因為冒出的冷汗而浸溼。

我轉頭看了看四周，周遭一個人都沒有。

那麼就算稍稍展露一點心情……也沒關係吧？

背靠在牆上，我緊握拳頭想要止住顫抖。

「已經這麼多次了……」

不要怕，這次也一樣不會有事的。

「我不會死的……」

彷彿是想說服自己，我將緊握的拳頭抵在額前。

「我不會死的、不會死的、不會死的——」

我使盡全力平復顫抖的手。

我怕痛、也怕受到傷害。

並不像表面那樣滿不在乎，我只不過是個怕死的普通人。

但是，為了待在殺人偵探身邊，我必須露出微笑，成為無法看穿的人。

「我必須……成為那樣的人。」

就在我想著自己的心事時，新的異變再度發生——

「啊啊啊啊啊啊啊啊啊啊啊——！」

一陣慘叫聲打斷了我的思考。

就跟徐水悠那時一樣，從「海」那個房間的方向，傳來了張藍的哀鳴。

❖ ❖ ❖

我往「海」跑去！

「這起案件到底是怎麼回事啊！」

我側耳傾聽，自從第一聲慘叫後，張藍就再也沒發出其他聲音了。

凶手究竟是誰？他到底想做什麼？

他應該不知道我和張藍已經解開犯案手法了才對。

就算襲擊張藍，也一點意義都沒有吧？

難道他是個喜愛大量殺人的無差別殺人犯？

「不對……」

若是如此，他不會布置這麼巧妙的機關。

凶手並不是毫無理智的瘋子，相反地，他聰敏無比。

他至今為止的所作所為，應該都是為了殺人後無罪脫逃才對。

花了約莫兩分鐘，我跑到「海」前，結果看到張藍手中拿著鑰匙，不知為何倒在門口。

「張藍，妳沒事吧！」

我抱起她，不斷輕拍她的臉龐。

「莫……先生……？」

「發生什麼事？妳的身體還好吧？」

「我也不知道怎麼了……」

張藍眨了眨眼睛，恍若是想將散亂的視線收回。

「在我拿到鑰匙後，突然有人從背後架住了我，我一邊掙扎一邊尖叫，可能嫌我麻煩吧，他用一塊布捂住了我的口鼻，接著我馬上就失去了意識。」

聽到張藍這麼說，我馬上低頭察看她的身體，她的衣服完好無缺，身上也沒有任何明顯的外傷，就連手上的鑰匙都沒被奪走。

「妳有看到襲擊者的臉嗎？」

「沒有……」

「他還有對妳做什麼嗎？」

「也沒有……」

「……」

凶手只是想迷昏張藍？

「這怎麼可能啊！」

仔細想想，倘若我是凶手，這麼做的目的應該是——

「主控室。」

幾乎就在我想到答案的同時，張藍抓著我的衣袖對我說道：

「莫先生！凶手是藉故要把你調離『主控室』的！」

「該死！」

這是聲東擊西之計啊！

「有人不想要我們觀看裡頭的監視紀錄。」

「快回去！要是順利的話，說不定還能逮到凶手是誰！」

我和張藍趕緊跑了起來。

但是等我們回到主控室後，一切都已來不及了。

「這些水……是怎麼回事？」

從主控室的門縫中，不斷湧出大量的水。

「主控室裡頭也有水槽！」

張藍慌忙地在一大串鑰匙中尋找正確的鑰匙。

「水槽可以從其他房間控制，放出水來。」

「也就是說——」

「只要不關起來，大量的水就會從水槽中湧出，甚至淹沒整個房間！」

若是裡頭的精密機械被泡在水裡，那監視紀錄就誰也看不到了！

如果監視紀錄全數毀損，我們就無法確認誰有不在場證明！

——這就是凶手的目的！

「莫先生！主控室的鑰匙是這支！」

「我知道了！」

我一把接過張藍找出的鑰匙，將鎖著的門給打開——

——嘩啦！

失去鎖的束縛，門瞬間被大量的水給沖開！

被強大的水壓一撞，我和張藍登時一個踉蹌。

「莫先生！正面那臺機械就是存放監視影像的電腦！」

主控室的正面是足有兩公尺高的大型螢幕和機臺，至於其他地方則是水槽。

失控的注水孔不斷往水槽中注水，接著滿溢的水從水槽氾濫而出，使主控室的水位足足有半個人那麼高。

「要到別的房間才能這麼做！來不及了！快救資料！」

「有辦法把水關掉嗎？」我對著張藍大喊。

張藍說得對。

機臺因為短路的關係，已經開始冒出危險的火花和電流。

我仰起頭，看向前方的大型螢幕。為了方便監視人員一次觀看，它被切成二十多格的畫面。

但此時因為主機損壞的關係，上頭的畫面不斷扭曲、晃動。

來不及了。

依照這狀況看，資料應該也沒救了。

現在我唯一能做的就是——

彷彿在衝浪，我逆著強大的水流往房間裡頭切入。

只要往下扎根的腳一不小心放鬆力道，整個人就會被強大的水壓沖走。

「拜託，只要給我幾秒鐘就好！」

我將手按在冒煙的機臺上，用飛快的速度進行操作，調出想要的時間段來！

「只要讓我看到十分鐘的景象就好！」

八點五十分到九點！

我不用看到全部，只要能瞄到大家的身影就夠了。

只要讓我確認這十分鐘，誰沒有不在場證明就好。

「莫先生！你的手！」張藍驚叫。

主機產生的火花燒到了我手上的絲綢手套。

但是過於專注的我，完全沒有注意到這點。

要是錯過這次，就再也沒機會了。

不斷地快轉、快轉——

在短短幾秒間，我將二十格監視畫面收入眼裡、刻在腦中。

讓我找到吧！

讓我看到司馬封、許龐之、陌羽三人的身影——

「莫先生，算了吧！太危險了！」

「再一下下就好！」

「機臺不斷冒出火花啊！」

我感到雙手傳來不可忽略的劇痛，但我仍執意進行操作。

十分鐘的紀錄即將走到尾聲——

「很好，都看到了！」

我和張藍在房間中間聊——我們的不在場證明非常明確。

許龐之在三樓走廊上獨自徘徊——他有不在場證明。

司馬封坐在某個空房間中抽著菸——他也有不在場證明。

陌羽拿著建築透視圖，不斷和現場比對、確認——她也有不在場證明。

「咦……？」

我的手停了下來。

所有人……都有不在場證明？

「——只要繼續往下走，你遲早會跟我一樣撞到死路。」

在這個瞬間，我的腦中響起司馬封說過的話。

「——這起案件，沒有人有可能是凶手。」

「這……怎麼可能？」

我的心遭到不可解的恐懼籠罩。

就像被我心中的黑暗感染，眼前的監視畫面不斷閃爍、消失——

——轟！

機臺處產生爆炸！

這股爆炸的力道配合水流，將我轟出了房間——

chapter 05 可愛侵略性

「你聽過『可愛侵略性』嗎？向陽。」

十年前，初代殺人偵探——陌雪向我這麼問道。

「沒聽過呢，雪阿姨。」

——啪！

一陣清脆的聲響從我頭上傳來，打得我頭暈目眩。

「說過多少次了，我才二十八歲，別叫我雪阿姨，叫我雪姊姊！」

「……雪姊姊。」

「很好！」

她滿意地點了點頭。

「……」

明明都有一個六歲女兒了，還要人家叫她姊姊，這人真是恬不知恥。

「話題繞回原本的『可愛侵略性』，也就是Cute Aggression。」

陌雪輕咳幾聲後，繼續說道：

「你有沒有過類似的經驗？抱著自己喜愛的人時，情不自禁地想要咬她一口，或是曾幻想過緊緊握住她脖子時的情景？」

「我沒有談過戀愛，所以這些經驗我都沒遇過。」

「那麼，你有握過可愛的小動物嗎？例如倉鼠之類的。」陌雪向我微笑，「你握著牠時，是否曾在一瞬間，產生想要捏爆牠的衝動？」

「…………」

這是個很令人不舒服的問題。

但我還是老實地點了點頭。

「這股破壞的衝動，就是『可愛侵略性』了。」陌雪繼續解說道：「你喜愛這事物，於是你起了想要對眼前事物更進一步的衝動，想要將這衝動透過激烈的行為發洩。」

「……但是，我仍不會將倉鼠捏爆。」

「那是當然的，若是一般人，理智會在這時起作用——它會阻止我們傷害自己珍愛的事物。」陌雪手撫著自己的胸口，「但是，也不知是基因方面的問題，還是某種遺傳疾病，陌家的女性無法靠理智克制這股衝動。」

「雪姊姊的意思是……？」

「只要我們喜愛上一個人，我們就會把他殺掉。」

聞言，我錯愕。

「愛情除了美好的事物外，本就有著占有和排他的部分。而我們陌家的女性，就是會放大這醜惡的部分，想要藉由『殺害』這個行為發洩心中的衝動，占有對方的全部。」

「也就是說……妳們的愛情，伴隨著殺意，是嗎？」

「是的，要是解釋得更簡單些，你可以把這股衝動想像成性慾。」

「『性慾』？」

「這跟性慾是類似的，隨著我們越來越喜愛一個人，我們對他的殺意也就越大。」

「…………」

「若只是『好感』或是『朋友』之類的程度，那還勉強壓抑得住。但若是進展到『家人』或是『愛人』之類的特別關係，那這股殺意就會完全支配我們，讓我們將對方殺掉。」

陌雪露出有些寂寞的笑容說道：

「所以，我女兒陌羽出生後，我一次都沒見過她。」

「因為……」

我吞了口口水，緩緩問道：

「因為妳會殺掉自己的女兒嗎？」

「是的。」

「……」

「我們，比誰都還接近殺人者。」

真是……悲哀至極的家族特性。

「明明就住在同一個屋簷下，但我和陌羽之間的距離比誰都遠。」

陌雪望著遠方，彷彿是想讓自己的視線穿透牆壁，抵達她女兒所在的地方。

「妳之所以離群索居，孤獨一人生活，也是因為不想傷到他人吧。」

「是啊。」

陌雪掏出懷中的小刀，一邊撫摸刀鋒一邊向我說道：

「對了，向陽，你自己也要小心喔。」

「小心什麼？」

「別讓我太喜愛你。」

陌雪轉過頭來，向我展露出一塵不染的笑容。

「要不然，我會想要殺掉你的。」

那是個非常乾淨、美麗的笑容。

我不由得看傻了眼。

對於一般人來說，或許這樣的存在是該讓人害怕的。

只要過於靠近，就會有生命危險。

只要讓她們過於喜愛，就會被她們殺害。

但是，我想也是這些矛盾和孤獨，造就了她們那種非人的美貌和氣質。

事後回想起來，在目睹陌雪笑容的那個瞬間，我或許就已經徹底淪陷了。

我不由自主地想要待在她們身邊，成為她們心中特別的存在。

話說回來……

我一直沒有開口問陌雪一個問題。

若是——

若是一不小心愛上了陌家的女孩子，那該怎麼辦呢？

就是因為愛上了她，所以才會想要逗她開心，陪伴在她身旁。

但隨著對方對自己的好感度越來越高，自己的生命也會越來越危險。

當哪天對方真的愛上我時——

我的生命，不也會因此而走到盡頭嗎？

❖ ❖ ❖

「嗚……」

我睜開眼，眼前是某個房間的天花板。

腦中迅速地閃過剛剛發生的事。

主控室的機械發生爆炸，讓我失去了意識。

「這裡是……？」

我坐起身來，察看四周。

這裡是我和張藍一開始喝茶的房間，而我正躺在沙發上。

燒傷的雙手已經被繃帶和紗布包了起來，而我上半身的衣物因為溼透的關係，盡數被脫了下來，晾在一旁。

「莫先生，你沒事嗎？」

站在我身旁的張藍，一臉擔心地看著我。

「當然沒事，我最自豪的就是逃離危機這方面的能力喔。」

在感受到要爆炸時，我的本能起了作用。

我當場潛進水中，並順著爆炸的力道往後跳。

所以雖然場面很嚇人，但除了雙手手掌的燒燙傷外，我並沒有什麼其他外傷。

「可是，你的身體——」張藍緊皺眉頭，指著我的身體說道：「你的身體是怎麼回事啊……」

「啊啊……被妳看到了啊。」

我的身上滿是傷痕。

切傷、割傷、刀傷、槍傷、燙傷——大大小小的新舊傷口，讓我的肌膚幾乎沒有一處是完好的。這也是為何我穿三件式西裝，戴上絲綢手套的原因，因為我不想讓這些傷口顯露出來。

我有些愧疚地向張藍說道：

「抱歉，嚇到妳了吧。」

「第一眼看到時確實有些嚇到，但接著好奇心就開始運作了。」

張藍伸出細長的手指摸了摸我身上的傷口，微微歪著頭問道：

「到底是發生了什麼事，才會有這麼多傷口啊？」

「……」

「告訴我吧，莫先生。」

「我說啊……一般女孩子會這麼直白地碰觸他人隱私嗎？」

「我可不是一般女孩子啊。」

「也是……」

「話又說回來──」

張藍露出一個有些壞心的笑容。

「我這個弱女子剛剛可是很辛苦地將昏迷的莫先生搬到這邊來喔。」

「……」

「啊啊啊……手真的好痛，感覺好像有些扭到了。」

這個傢伙，為了得知真相，竟還拿剛剛的人情要脅我。

「真是的……」我摸了摸後腦杓，有些無奈地說出一部分真相：「我身上的傷口，是當殺人偵探助手的代價。」

「什麼意思？」

「張藍。」

我嚴肅地向她問道：

「妳聽過『可愛侵略性』嗎？」

❖ ❖ ❖

聽完我的解說後，張藍有些訝異。

「這世間真是無奇不有，竟有這種家族。」

「妳所崇敬的殺人偵探，就是這麼危險的一個存在。」

我摸了摸那些晾晒的西裝，雖然還是很溼，但勉強能穿。

「所以知道了吧，不要因為崇拜而貿然靠近殺人偵探。」

我沒有說出陌羽其實就是殺人偵探的事，也沒說出其實那個黑衣少女就是陌羽。

但我覺得憑張藍的聰明才智，她有可能隱隱約約抓到了真相。

「不過這種愛意誕生出的恨意，我倒是可以理解。」

「喔？」

「莫先生，一開始見面時，我不是說我有想要殺掉的對象嗎？」

「妳確實是說過。」

當時，我本來以為是某種譬喻。

但等到瞭解張藍這個人後，我意識到她有可能是認真的，畢竟不管多麼激動，她的理智都能運作。

她是個理性過於強大的女孩。

「莫先生知道我母親為什麼要建造這間水族館嗎？」

「不是因為喜歡水或是海洋生物嗎？」

「不，真正喜歡的並不是我媽媽。」

「嗯？」

「真正喜歡的，是媽媽的愛人。」

「——要是正式開幕了，『他』就會回來吧。」

聽到張藍這麼說，我想起了徐水悠在初見面時說的話。

「也就是說，為了博取愛人的歡心，妳媽媽建造了這間水族館？」

「是啊，很傻對吧？明明那人都已經捨棄媽媽了。」

「咦？」

「一個月前，媽媽的愛人就消失了。」張藍露出有些無奈的微笑，「他捨棄媽媽，不知道跑到哪裡去了。」

「那麼……她為什麼還要建造這間水族館？」

想要給他看的人，已經不在了吧？

「因為媽媽堅信，只要建好水族館，那個喜愛海洋生物的男人就會回來看。」

「這也太……」

我說到一半止住了嘴。

「太一廂情願，對吧？」

張藍接續了我說不出口的話。

「我的父親早逝，我是由母親一人撫養長大的。因為她很疼愛我的關係，我從沒感到寂寞過，我是真的很愛也很尊敬我的母親。」張藍轉過身來，面對我說道：「所以，我才不能原諒拋下我媽媽的那個男人。」

那是個雖然平淡，卻也因為平淡而顯得無比認真的語氣。

「……恨到想要殺了那個男人嗎？」

「是的，恨到想要殺了他。」

「……」

「媽媽為了那個男人花盡爸爸留下的遺產，甚至為了建造這水族館而積欠許龐之一大筆錢。」

張藍的雙手緊緊握在一起。

「看到媽媽變成這個樣子，我非常心痛。」

「嗯……」

「莫先生，你知道當我看見媽媽在水槽中時，除了震驚、難過、傷心外，我的心中還有什麼嗎？」

「……有什麼？」

「我有著『欣喜』。」

「…………」

「那時，我是這麼想的——」

露出一個淒愴無比的笑容，張藍說道：

「『這樣這間水族館，就再也不會有人願意來了。』」

「嗯……」

「看到媽媽屍體的當下，以及之後將她拖出來急救時，我的腦中都有著這種想法，我是個很令人噁心的女人，對吧。」

「不，妳——」

「不管莫先生是怎麼想的，我都很討厭這樣的自己。」

「…………」

「這時，我想到了殺人偵探的事。我一直很想當面問他，究竟人為什麼會想要殺人，他又是抱持著怎樣的心情在殺人的。」

「我想，妳要失望了。」

陌羽沒殺過人，從來沒有。

「她只是擁有比誰都還強烈的殺人衝動，比誰都還容易殺人而已。」

「那不就跟我一樣嗎？」

張藍露出如花一般的微笑。

「我擁有比誰都還強烈的理智，我比誰都還知道我能輕易殺掉那個男人。」

「…………」

「所以，我才想見殺人偵探一面。」

我終於知道了，為什麼我會覺得張藍和陌羽很相像。

一個因為無法控制的衝動而殺人。

另一個因為無法控制的理智知道自己一定可以殺人。

她們截然相反，卻也因為這樣而無比相似。

「總之，勸妳還是放棄吧。」

我一邊「啪啪」抖掉西裝上的水珠，一邊向她說道：

「與殺人偵探見面，和以身犯險是同等意思，那不是一個普通人應該靠近的人物。」

「那麼，莫先生為什麼要當殺人偵探的助手？」

「當然是因為我喜歡她啊。」

我披上吸飽了水而變得有些沉重的襯衫說道：

「因為喜歡她，所以想要跟在她身旁伺機攻略她，這很正常吧。」

「莫先生，這麼輕易就說出喜歡一個人，感覺起來一點都不認真喔。」

「妳這種小女孩才不懂呢，就是要有神祕感，才能輕易讓女孩子淪陷啊。」

「會嗎？我倒是覺得莫先生挺好懂的。」

「怎麼可能，我這麼深不可測——」

「很容易就能知道莫先生是個深不可測的人啊，這不是很好懂嗎？」

「……總覺得這是詭辯。」

「要不然，莫先生試著在這邊認真地向殺人偵探表白怎樣？」

「為什麼我要做這種事？」

「莫先生不是對自己的神祕感和深不可測很有自信嗎？那麼，應該也不怕被我看穿吧。」

「……妳是在挑戰我嗎？」

「是。」

看著張藍坦率點頭的模樣，我不禁無言。

雖然之前有幾次不小心被看穿，但別以為妳總是能占上風。

「聽好囉，這就是我認真的表白。」

輕咳兩聲後，我擺出再正經不過的表情。

「我是真心喜歡殺人偵探——」

「喔喔——」

「真心喜歡她那張臉。」

「…………………………」

張藍的眼神變得一片虛無。

「如何？有看出什麼嗎？」

「有啊，對莫先生的失望看得挺清楚的。」

「那真是太好了。」

我穿上西裝外套，並將絲綢手套戴好。

「對我和殺人偵探失望也不錯，反正這個案件結束後，妳就再也不會遇到我們。」

「總覺得……有些可惜。」

「可惜？妳想太多了，我不是說了嗎？跟我們扯上關係，就是在冒生命危險。」

陌羽心中的愛越多，殺意也就越深。

「說不定終有一天，她會有無法控制的時刻出現。」

——而那或許也是陌羽墜入愛河的瞬間。

「莫先生的口吻，就像是希望哪天發生這種事似的。」

「妳想太多了。」

「那麼，殺人偵探至今為止，殺過幾次人了？」

「嗯……」

我思索了一會兒後，緩緩說道：

「數不清次數了。」

「那他為什麼到現在都還沒被抓走？」

「這就是商業機密了。」

「人們會用這樣的句子形容他，也是因為他已經殺了很多人嗎？」

此時，張藍說出了一句我熟稔無比的話：

「『他化身凶手、成為凶手——他是最擅長殺人的偵探。』」

「關於這句話的真相……我想妳很快就會知道了。」

「什麼意思？」

「與其用說的，不如親眼見證吧。等到這個真相解開的瞬間，妳就會明白這句話的個中含意。」

穿好衣服的我緩緩閉上雙眼，將至今為止的案情在腦中整理一遍。

我本以為凶手是殺了徐水悠，再利用「電擊屍體」和「假的慘叫聲」混淆死亡時間，製造不在場證明。

但是在觀看監視器的紀錄後，我發現八點五十到九點這十分鐘間，所有人都有不在場證明，無人有辦法去實行我所想的手法和計畫。

也就是說——

九點前，沒有人有可能是凶手。

那麼，徐水悠是怎麼死的？又是被誰所殺？

我已經想不出任何解答。

至此，已是我的極限。

這個凶手並不是我可以解決的對象。

但是，這並不代表這個案件無法破解。

「從現在起，我要開始做殺人偵探助手的工作了。」

「嗯？莫先生不是從一開始就在做嗎？」

「不，並不是如此的。」

不管是分析案情、尋找線索、思考手法、抓出凶手，這些都是「莫向陽」自己想做的事——是他在殺人偵探殺人前所做的掙扎。

「不管這個世界有著多麼高明的偵探，他都不可能完美還原真相。」

這世上唯一知道真相的只有兩個人——

「被害者」和「凶手」。

「殺人偵探的助手只會做一件事。」

我從西裝口袋中拿出一個黑色的「名片盒」。

但這名片盒中裝的並不是名片，而是一片又一片的藍色藥錠。

「那是什麼？莫先生？」

「那是讓我化身成『被害人』的道具。」

「被害人？」

「沒錯。」

我拿出一片藥片吞下。

「張藍，帶我去徐水悠的房間吧。」

❖ ❖ ❖

張藍帶我來到了徐水悠的房間。

自從她死後，這個房間就被封了起來，無人動過。

裡頭的家具十分簡約，但是書櫃上有著大量的書籍和文件。

「張藍，接著讓我待在這個房間中，不要讓任何人進來打擾我。」

「你要做什麼？」

「我打算盡力揣摩妳母親的思想，複製她在死亡前的行動。」

「也就是說……就跟犯罪模擬一樣嗎？」

「是的，但我不是化身成凶手，而是化身成被害人。」

「嗯……化身成媽媽是嗎？」

張藍抱著雙手，不知道在想些什麼。

「別擔心，因為做過很多次了，我一定能變成妳的母親——」

「……好噁心。」

張藍一邊這麼說，一邊微微後縮。

「稍微一想像就覺得好噁心。」

「……………」

「剛剛一瞬間覺得與其要這樣，不如乾脆永遠抓不到凶手算了。」

「……請別一臉認真地說這種話，就算是我也是會受傷的。」

「所以，需要借你媽媽平常穿的洋裝嗎？」

「不用做到這種地步！我不是要在物理上化身成被害人，是要在心理和氛圍上化身成被害人！」

「那需要我叫你一聲『媽媽』嗎？這樣你會不會更有感覺？」

「在妳心中我到底是怎樣的存在啊！」

「嗯……變態啊。」

「就說不要一臉平靜的說出這種評價了。」

這比指著我大罵還要更讓我感到難過。

「不過呢，莫先生……」

即將把門掩上的張藍從門縫後低聲說道：

「要是你真的成功化身成媽媽，你可以告訴我一件事嗎？」

「什麼事？」

「若是……

「若是我想要親手殺死凶手，她會允許嗎？」

她此時的身影，跟我們一開始見面時的身影重疊在一起。

「……妳真的想這麼做嗎？」

「我很喜歡我媽媽。」張藍以平淡卻又清楚的聲音說道：「我有多愛媽媽，就有多恨凶手。」

伴隨著殺意的愛情。

這個想法，就跟——

「就跟殺人偵探一樣，對吧？」

看著張藍此時的笑容，我不由得輕輕點了點頭。

「妳們……或許真的很相像也說不定。」

「那還真是榮幸。」

「不過，比起殺人偵探，妳多了理智和聰明，妳怎麼會想要親手殺死凶手——」

「就是因為我是理智過頭的人，所以我才選擇這麼做。」張藍打斷我的話，緩緩說道：「我知道唯有親手制裁凶手，我才能得到復仇的實感——我才能原諒自己。」

「……」

「而且，莫先生，你說錯了。」

張藍低下頭，以微弱的聲音說道：「我一點都不聰明，要是我夠聰明，我就能阻止媽媽的死亡了。」

看著她那平靜——又像是在哭泣的表情，我不自覺地走上前，輕輕拍了拍她的頭安慰她。

「這不是妳的錯，張藍。」

「……你又把我當成殺人偵探了嗎？」

「不。」我對她露出微笑，「我剛才不是叫了妳的名字嗎？」

這個安慰，是專屬於妳的。

「別這樣啊……」張藍舉起雙手，輕撫我摸著她頭的手掌，「你對我這麼溫柔，要是我真的愛上莫先生怎麼辦？」

「那就愛上吧，反正我也挺喜歡妳的。」

「這麼輕易就吐出喜歡，聽起來一點都不認真。」

「我覺得我最大的魅力，就是讓人搞不清楚哪句話是認真的。」

「這聽起來就像是最沒有魅力的部分。」

「……是這樣嗎？」

「呵呵……」

看到我有些窘迫的模樣，張藍露出微笑。

「莫先生，我決定了。」

「決定什麼？」

「等這個命案結束後，我要加入殺人偵探的團隊。」

「我說啊……我不是跟妳說過了嗎，要是跟在殺人偵探的旁邊，會有生命危險的——」

「不，我不是要跟在殺人偵探身邊。」

「咦？」

我想，她一定早就算計好了。

「我要當莫先生的助手。」

抬起頭來，張藍對我露出一個堪稱犯規的可愛笑容。

——啪。

接著，她緊緊抱住了我。

「從此刻起，我就是莫先生的粉絲了。」

她一定知道，她在此時說出這種話、做出這種事，會讓我對她怦然心動。

❖ ❖ ❖

身體逐漸發熱，我知道我吞下的藥已開始產生效用。

從「名片盒」中拿出的藥錠，名為「D95」。

「D95」是陌雪留給我的道具，也是讓我以「殺人偵探助手」活動的重要道具。

它會降低我的思考能力，同時大幅提升我的反應和肉體能力。

我不知道它的確切成分是什麼，但可能跟運動選手在競賽時會服用的禁藥有些類似吧。

在藥物生效的期間，我感到自己的血液流動非常快速，身體的溫度就跟發高燒一樣。

捨棄自己的想法和思考，我將自己沉浸在徐水悠的房間中。

就像沒入水中，我翻閱著房間裡頭的所有資料。

日記、電腦紀錄、喜愛看的書、存起來的筆記和照片——

就像餓了好多天的人，我不斷啃食這些紀錄。

從來往的信件和大量的電子紀錄，可以得知徐水悠是多麼痴迷她的愛人。

為了自己所愛的人，徐水悠研究了大量的水族館文獻，從一個什麼都不懂的人成為水族館方面的專家。

「但是……似乎有些古怪？」

不知為何，徐水悠的愛人在一個月前人間蒸發了。

對於他的失蹤，網路上有著一則小小的報導，但這並未引起任何人的注意。

徐水悠似乎還委託私家偵探和警方去尋找該名男子，但看來都一無所獲。

可能是抱著水族館建好、對方就會出現的期望，徐水悠不斷加速水族館的工程。

就算面臨資金不足的危機，她也會利用貸款和賒帳的方式巧妙因應，努力讓建造工程順利。但也因為這樣，她欠了許龐之大量的錢。

要是再不還錢，水族館別說開幕了，就連能不能順利完工都是個問題。

「若我就是徐水悠，我會怎麼做呢？」

我需要大量的錢，若不用高利貸或是非法手段，那麼最簡單的辦法就是——

「保險。」

我叫出保險紀錄。

果然如我所料，徐水悠幫自己保了大量的意外險。

看著這樣的紀錄，我沉默下來。

九點之前，所有人都有不在場證明。

我們趕到事發現場時，「海」是密室，裡頭也只有徐水悠一個人。

若是從這兩點來看，只能導出一個結論——

「自殺……嗎？」

徐水悠是自殺的。

「不、不對。」

若是自殺，有太多說不過去的地方。

一、自殺是拿不到保險金的。

二、要是自殺，不會用假的慘叫聲製造密室。

三、若徐水悠是自殺，那擴音器的放置和主控室的毀壞，就不知是怎麼回事了。

「而且最重要的是……」

要是死在水槽中，這間水族館就再也不會有人來了。

就算是為了自己所愛的人，徐水悠也不會這麼做。

想不通……

總覺得整件事越來越古怪了。

「不對……我在做什麼啊。」

猛然驚醒的我敲了一下自己的頭。

不要去思考凶手是誰、不要去思考疑點。

現在已經過了「莫向陽」的時間。

現在的我，是「殺人偵探的助手」。

我必須模擬徐水悠的價值觀，重現她的思考和行動。

「我是徐水悠……」

在「D95」的藥效下，我感到身體越來越燙、越來越燙。

這股高溫融化了我的腦袋，讓我幾乎無法思考。

「我愛著某個失蹤的男人、有一個可愛的女兒、拚了命地想要完成水族館……」

就像在催眠自己，我一邊翻著資料一邊這麼說道。

時間不斷流逝，房間也越來越暗。

我感到莫向陽的自我越來越淡。

但是這樣還不夠。

我必須浸到更深、更深的地方——

就像潛入幽暗的大海，我必須沉到這個水族館的最深處。

身上的舊傷痕隱隱作疼。

我是殺人偵探的助手。

我並沒有什麼特別的才能。

但是跟在陌羽身邊，我「死」了無數次。

這些傷痕就是經驗，也是我唯一可以憑藉的力量。

若陌家的女性比誰都還接近殺人者，那我就是比誰都接近被害者的人。

「……怎麼辦？」

不管怎樣都湊不到錢。

欠許龐之的錢也到了即將還款的期限。

「我知道的……」就像被徐水悠附身，我喃喃自語：「藍兒一直默默地擔心我……」

但是，就快結束了。

只要再撐一下，水族館就能開館了。

我不奢望這間水族館能賺很多錢，即使馬上就倒也沒關係。

我希望那個人回來。

只要建好水族館，他就會回來看看我吧？

「就算他沒回來——」

我的心情也能做個了結。

真是愚蠢啊，都到了這把年紀了，還對一個男人這麼痴迷。

然而愛情是不講道理的。

「就算知道繼續愛著他會被毀滅，但我依然願意被他束縛。」

在無盡的黑暗中，我越來越分不清自己是莫向陽還是徐水悠。

「因為，我就是這麼喜歡他啊。」

喜歡到幾乎放棄了一切。

喜歡到改變了自己的人生。

喜歡到漠視了自己最愛的女兒。

說到這個……

這些日子，似乎也有些冷落藍兒了。

不過沒關係。

只要再一下，一切都會結束。

在我眼前的資料，是這陣子對自己做的電擊實驗。

「這邊的設備，都是許龐之賣給我的。」

我付不出錢。

但是只要製造意外，我就能拿到保險金。

而且，要是許龐之看到他的設備讓我發生意外，說不定他會少收一點現金。

彷彿夢遊一般，我走到了黑暗的「海」中。

用手中的鑰匙，我將門反鎖起來。

「但是……要是被誤會是有人想殺我而驚動警察就不好了。」

這樣水族館的名聲會受影響的。

倘若是密室，裡頭又只有我一個人，應該就會被認為是意外吧？

殺人偵探的助手也被藍兒叫到這邊了。

既然有他在，想必不會讓我真的發生意外才對。

只要大家同時闖進來看到我，那麼大家都會有不在場證明，也不會被我的詭計所害。

我將設定好的擴音器放在水槽後方，然後自己跳進水槽中。

裡頭有著斷裂的電線。

水流不斷地灌進來，將我的身子和電線淹沒。

麻痺感逐漸充滿我全身，我感到失去力氣的身體不斷隨著電流抖動。

「啊啊啊啊啊啊啊啊啊啊啊——————！」

錄好的慘叫聲開始播放。

水已經完全淹沒了我的身體，我感到意識漸漸變得模糊。

接著，我想我會就這樣昏迷吧。

但是我測試過了，這樣的電流不會致命。

只要溺水的時間不要太長，那就只是一樁在整理水槽時所發生的意外。

緊閉的門發出沉重的聲音，似乎是有人想要闖進來。

藍兒……

我相信妳一定會第一時間來救我的。

只要拿到保險金——只要拿這個意外跟許寵之談判，我相信我們的水族館一定能順利開幕。

只要開幕了，一切都會恢復原狀。

「莫先生！你還好嗎！」

僅存的一絲意識，讓我看到一群人衝了進來。

司馬封、許龐之、陌羽還有張藍同時進入了房間。

張藍一臉著急地關掉電源，我的身體失去力道，不再隨著電流收縮、舞動。

接著，張藍將我拖出了水槽外，給予我人工呼吸和心臟按摩。

藍兒……

我一直沒跟妳說，我建造這水族館的理由。

身為妳的母親，我保有最基本的尊嚴。

我想要等我親手了卻這段感情後，再跟妳坦白一切。

我知道妳很討厭那個男人，也很討厭喜愛上他的我。

不過妳有注意到嗎？

這間水族館是以妳的名字命名。

我是抱持著希望取了這名字的。

我希望開幕後，我們能重回以往的生活。

讓我用這一切向妳證明——

妳永遠是我最愛的女兒。

「莫向陽。」

隨著這聲淡然的低語，一道亮光撕開了我腦中的黑暗。

「夠了，該回來了。」

陌羽那淡漠的聲音，將我從被害人的想像中拉了出來。

我找回了自我，變回了原本的莫向陽。

「咦……？」

全身乏力的我看著四周，感到疑惑。

水族館中的其他人都已經來到房間，面無表情的陌羽坐在我身旁，渾身充滿刺骨的寒氣，她一邊褪下我的上衣，一邊拿著布巾緩緩擦拭我的上半身。

這舉動有些熟悉，前不久才見過。當初張藍在以心臟去顫器急救徐水悠前，也曾這麼做過。事後我問她為什麼要多此一舉，不把握急救時間，她告訴我護校曾教過，因為有導電效果的顧慮，至少要保持受急救者上半身乾燥。

——等等。

我沒死？

……水中的電壓並不足以電死人？

要不是我完全複製被害人的行為，我也不會發現水中的電壓有異常。

但徐水悠明明是被電死的啊？

「真相，就由我來解開吧。」

眼中隱隱閃著紅光的陌羽，突然站起身來，抽出了隨身攜帶的小刀。

「妳、妳是誰啊！想做什麼！」

眼見陌羽拿出刀械，許龐之嚇得不斷倒退。

「我是誰？我是——

「殺人偵探。」

一股盛大的寒意從陌羽身上散發，讓所有人都退了一步——就連司馬封也不例外。

並不是他們膽小，而是人類的本能促使他們這麼做的。

因為從陌羽身上散發出來的，毫無疑問是殺氣。

「這麼漂亮的女孩竟然就是……殺人偵探？」

一直想見殺人偵探一面的張藍，以不可置信的眼光看著陌羽。

「莫向陽已經重現了被害人許水悠死前的行為。」

司馬封很快就恢復冷靜，他一邊抽著菸一邊說道：「徐水悠看起來是想製造意外詐領保險金，但依照目前的狀況看，電壓並不足以致死，關於這個疑點，殺人偵探有什麼高見？」

「我不推理。」

陌羽輕輕搖了搖頭。

他化身凶手、成為凶手——他是最擅長殺人的偵探。

陌家的女性，總是不斷與心中的殺意對抗。

所以，她們比誰都還瞭解殺人者的心，比誰都還瞭解何為殺意。

——她們比誰都還接近殺人者。

只要沉浸在適合的環境中，她們就能輕易地進入「狀態」——進入殺人的想像。

「殺人偵探從不分析狀況、從不邏輯推演，也從不曾思考案件的前因後果。」

就像我化身成被害人。

陌羽也在此時化身成了凶手。

「殺人偵探會做的只有一件事——

——那就是用『殺人』來破案。」

用「殺人」替代分析。

用「殺人」替代邏輯推演。

用「殺人」替代前因後果的思考。

陌羽咬著刀子，然後拿起「心臟去顫器」。

「看好『我』的模樣，莫向陽。」

陌羽將「心臟去顫器」按到我的胸口處！

「『我』就是那個殺了『你』的人。」

強大到足以讓任何人心臟停止的電流灌入我的體內！

「等一下！妳在做什麼！」司馬封大喊。

「我不是說過了嗎？」陌羽冷冷地說：「我在用殺人破案。」

我張嘴想要大喊，但是早先在水槽中就被麻痺的我什麼都喊不出來！

「媽媽，妳不能死，妳不能丟下我一個人啊——」

陌羽以平靜的語調喊出了「她」在「拯救」徐水悠前所說的話語。

身體不斷顫抖、抽搐——

模糊的視野看到了司馬封想要衝過來阻止陌羽，但我以眼神阻止了他。

一直以來，我和陌羽都是這樣破案的。

我成為「被害者」，然後她化身成「凶手」殺了我。

在偵破案子的過程中——必定會多死一人。

那個多死的人……**就是我**。

這世上唯一知道真相的只有兩個人——「被害者」和「凶手」。

「大家看好了，『我』是誰？」

陌羽加大電流，用殺害我的行為向所有人宣告真相。

「是誰這麼做了？是誰像我殺死莫向陽一般殺了徐水悠？」

一片靜默籠罩大家，所有人都震驚得一言不發。

我們重現命案的一切過程。

我們不需要用邏輯推演說服任何人，也不需要找出證據來將凶手定罪。

當我們的演繹結束後，一切就已塵埃落定。

恍若簡單的填空題或是連連看。誰會做出這樣的行為，誰就是凶手。只要觀看我們的複製，就能輕易得知。

「妳就是『我』。」

陌羽將刀尖指向張藍，彷彿偵探指出最後真凶般說道：

「妳就是殺死徐水悠的『凶手。』」

「啊啊啊啊啊啊啊啊啊啊——！」

在心臟即將停止的那刻，我終於還是發出了最後的慘叫。

我怎麼沒想到呢？明明是如此簡單的推論。

既然「九點前」沒有人有可能犯案，那就表示徐水悠是「九點後」被殺的。

之所以一直被誤導。

是因為「凶手」一直待在我的身邊。

張藍利用寫著九點會出事的信，讓我的潛意識認為命案就在此刻發生。

張藍進入命案現場時發出的慘叫和跪地，讓人誤以為一切都已無可挽回。

這是個宛若惡魔，大膽又纖細的計策。

因為水中有著電線，所以張藍確信，第一個將徐水悠從水槽中拖出來的必定是她。

張藍知道徐水悠會因為電擊而失去意識，也知道第一個實行急救的必定會是她。

就像張藍說的，不管情感多激烈，她的理智依然能運作。

因為就在眾目睽睽之下，張藍一邊哀傷的哭喊——

一邊用急救的器具，殺了自己的母親啊！

我的心臟停止了運作。

其實，答案早就顯而易見，只是我下意識地不想去思考這些線索。

「——等這個命案結束後，我要加入殺人偵探的團隊。」

只有張藍有可能這麼瞭解水族館的設備。

「——我要當莫先生的助手。」

只有張藍有可能知道破壞主控室的方法。

「——從此刻起，我就是莫先生的粉絲了。」

只有張藍有可能知道徐水悠的計畫，然後再將計就計。

「——要是我真的愛上莫先生怎麼辦？」

只有張藍有可能是兇手啊！

「可惡……」

血液停止了流動。或許是多虧如此，我才沒有流下淚來。

在即將死去的那刻，我腦中浮現的是張藍的笑靨。

可惡……真的是太可惡了。

我再度確信了一件事——我啊……最討厭聰明的女孩子了。

終章

——砰！

激烈的撞擊打在我的胸口處，讓我就像觸電一般全身抽動起來。

——砰！砰！砰！

撞擊不斷持續！

被這股刺激所驅動，本來停止的心跳恢復了運作。

新鮮的血液運輸到缺氧的全身，讓癱軟無力的我稍稍抓回了一點力氣。

「咳、咳！」

我吐出一口血，緩緩睜開了雙眼。

模糊的視線中，出現的是司馬封有些不悅的神情。

我低頭一看，上半身衣服全然敞開，他緊握的拳頭砸在我的心臟處。

看來，出手救我一命的人是他。

「哈哈……」

我擠出笑容。

「果然如我所料，我就知道你一定會出手救我的。」

知道十年前案件真相的人不多，我知道你一定不會就這樣讓我白白喪命。

「膽子真大啊，竟然連我都敢利用。」

叼著菸的司馬封皺眉。

「就是信任你的本事，我這次接受殺人偵探的『破案』時，才沒有那麼緊張。」

——這是謊言。

一直到現在，我的掌心都還滿是冷汗。

這次也差點就死了。

即使有著「D95」藥錠的肉體加強，我也差點就被電死了。

「不過我本來就是不死之身，所以也沒什麼好怕的。」

我一邊說一邊環顧四周，這才發現在我昏迷時，我已被移到了水族館外。

不只是我，司馬封、許龐之、陌羽也都來到了外頭。

但是——

「張藍呢？」

「在水族館中。」

司馬封用燃著的菸指了指我們前方的水族館。

就如他的菸一般，整間水族館熊熊燃燒，但是從各個出入口中，又不斷湧出黑煙和大量的水。

完全不同的兩種東西交織在一個建築中，讓人感覺十分奇異。

大量的警察圍繞在水族館旁，封鎖了現場。

從沒有任何消防車的狀況來看，他們已經放棄救助在裡頭的張藍了。

「張藍在事跡敗露後，也不知操作了什麼機關，大量的水從各個房間沖出。為了不被淹死，我們逃了出來。」

我看了看逃出來的人後，馬上意會到一件事。

「所以剛剛是司馬封你背著我逃出來的嗎？你人真好。」

「我才不想被你這種人稱讚呢。」司馬封皺眉，「雖然早就知道你們是用這麼亂來的方式在破案，但親眼見證後，我只能說這根本就不是破案——」

司馬封拿著菸，指著陌羽說道：

「這毫無疑問地叫作殺人，所以，我要逮捕她。」

「這可不行喔。」我一邊微笑一邊狡辯：「陌羽她剛剛只是想救我，不知道『心臟去顫器』被動過手腳，所以這不算是殺人。」

不管是主觀還是客觀上來看，這都不算是殺人。

即使要以傷害罪處置陌羽，只要我這個受害者永不提出告訴，你就拿她沒轍。

「當然，你還是可以以現行犯抓走我們，但我想那只是徒然浪費你我的時間。」

司馬封應該也知道，殺人偵探是特殊的。

「司馬警官，請你看看這個。」

面無表情的陌羽走到司馬封面前，將她的小刀亮給司馬封看。

這把小刀是陌雪傳給陌羽的，世間僅此一把。

刀柄的特殊花紋，證明了陌羽身為殺人偵探的身分。

初代殺人偵探過往在辦案時，與警界和司法界的人立下約定。

為了破案，她擁有特殊的權利。

她可以在命案現場對自己的助手進行殺人重現。

只要不把人殺掉或是造成助手永不可恢復的重傷，那殺人偵探就永遠無罪。

「……你根本不需要袒護她吧。」

「我不是袒護她，我說的都是事實，剛剛的事只是意外。」

「只要你願意提出傷害告訴，我願意用我『特殊命案科』的力量，打破初代殺人偵探與警界立下的約定。」

「我沒有受到傷害，我現在一點事都沒有。」

「你究竟為了什麼要做到這種地步？」

司馬封拿下口中的菸，緩緩說道：

「要是再繼續這樣下去，你哪天死掉都不奇怪。」

「特殊命案科的菁英大人意外地是個體貼的人呢，竟然會關心我。」

「…………」

我想起身，但因為剛剛才從死亡中歸來，我全身一點力氣都沒有。

才剛撐起一點身體，我就頹然倒下。

「司馬警官，或許在你眼中我們是異端。」

陌羽靠到我身邊，將我扶了起來。

「但這是我們兩個的生存之道，請你這個外人不要插手。」

「『你們』的生存之道？」

司馬封吐出一口煙，毫不客氣地說：

「在我看來，這單單是『陌羽』妳一個人的生存之道吧？」

「……」

聽到司馬封這麼說，陌羽陷入了沉默。

「妳是凶手，而莫向陽是被害人，你們兩個的關係就僅止於此，除此之外什麼都不是——」

「那又如何。」

我打斷司馬封的話。

「就算這樣，又有什麼不好。」

「你可是受害者耶，這到底哪裡好了？」

「有了被害人，才有凶手吧。」

我露出燦爛的笑容說道：

「也就是說，沒有被害人，凶手就無法存在，對吧？」

「……………………」

聽到我這麼說，司馬封嘴巴微張，口中的菸差點掉了下來。

過了一會後，他有些無奈的搔了搔頭。

「原來如此啊……」

司馬封看著我們倆說道：

「我竟然看走了眼，真要說的話，殺人偵探根本就不是陌羽這個小姑娘。」

「你們兩個合起來，才是殺人偵探。」

聽到他這麼說，虛弱的我露出一個淺淺的微笑。

沒有被害人，凶手就無法存在。

但這句話反過來說也是可行的。

凶手若不存在，也就不會有被害人了。

雖然是以這麼扭曲的關係和陌羽連結在一起，但也是這麼異常的關係，我們才能待在彼此身旁。

「莫向陽，走吧。」

陌羽看向眼前，將我往冒出火和水的水族館帶去。

「你們要去哪裡？」

司馬封擋在我們面前。

「我們要去水族館裡頭見張藍，我還有事想問她。」

陌羽的語氣非常平靜，彷彿接下來要做的事是理所當然一般。

「我不准，再怎麼看張藍都沒救了，身為警察，我不能眼睜睜看著你們去送死。」

「無論如何都不行嗎？」

「不行。」

司馬封和陌羽瞪著彼此。

這兩個人都是下了決定後就不會退讓的類型。

要是再繼續拖下去，事情是不會有任何進展的。

我輕嘆一口氣，插到他們兩個中間。

「要不然這樣吧，司馬封。」

我指著我和陌羽說道：

「我們只需要十分鐘，十分鐘後，你再用你的一切力量，將我們兩個從裡頭帶出來。」

「我為何要聽你的命令冒這個風險？」

「因為這是交易。」

我看了身旁的陌羽一眼後，緩緩說道：

「等到這個事件結束後，我願意告訴你十年前的一切。」

聽到我這麼說，司馬封的神色驚訝無比，就連表情一向不多的陌羽都不禁流露出些許訝色。

那也是當然的，因為十年前的事，至今我誰都沒說過。

我沒向任何人說——陌雪是怎麼死的。

「若是如此，那我答應你。」

該說不愧是司馬封嗎？

他毫不猶豫地答應了我的要求。

「只要能破案，不管做什麼都能被原諒——所以，十分鐘後，我會盡力指揮警方，保護你們的退路。」

「謝謝。」

「不過我還是想問，事到如今，為什麼你們還要去見張藍？」司馬封將燃著的菸抓到手中，徒手捻熄，「見她的目的究竟是什麼？」

「我們要去收取這次命案的報酬。」

面無表情的陌羽突然開口。

「我想問她，她為何要殺人。」

「——我一直很想當面問他，究竟人為什麼會想要殺人，他又是抱持著怎樣的心情在殺人的。」

此時，我的腦中浮現出張藍曾說過的話。

她和陌羽，或許真的很像。

聽到陌羽這麼說，司馬封皺著眉問道：

「所以，妳冒著生命危險，就只是想見張藍一面？」

「不，我要見的人不是張藍。」

陌羽櫻桃小口微啟，緩緩說道：

「我想見的，是身為殺人者的張藍。」

❖　❖　❖

初代殺人偵探——陌雪。

她將背負的殺人衝動比作性慾。

這某方面來說或許是對的。

她在某天發現，只要進行「擬似殺人」的行為，因為愛意衍生出的殺人衝動就不會那麼難以忍受。

於是，她開始做起偵探工作。

利用心中的殺意，她將自己代入凶手，用殺人進行破案。

這個行為就像吃藥，只要成功利用擬似殺人破案，她的衝動就會暫時消滅，不再那麼容易進入「狀態」。

而且好處還不只如此。

藉著代入凶手，與殺人者對話，陌雪收集、理解了各式各樣的殺人心情。

這是她從命案中拿到的報酬。

她相信終有一天，她能從中找到提示或是解藥。

——可以不再因為愛人而殺人的解答。

但是，這樣的破案方式就像是走在危險的鋼索上。

終有一天，她或許會失控而真正殺人。

於是就在十年前，陌雪出事了。

她一不小心在破案的過程中死亡，將我和陌羽留了下來。

陌羽繼承了殺人偵探之名，而我則成為她的助手。

「莫先生，你們來了啊。」

在無盡的火和水中，張藍對我們露出微笑。

「海」不斷的崩裂、掉落碎塊。

在這樣彷彿世界末日的環境中，我們兩人和張藍面對面，遙望著彼此。

「張藍。」被陌羽扶著的我輕輕點了點頭，「我和妳仰慕的殺人偵探，一起來見妳了。」

雖然我知道，一切都已來不及了。

「莫先生。」張藍以再清澈不過的眼神注視著我說道：「我想跟你說，凶手並不是我。」

「咦？」

「我那時拚命的想要救媽媽，根本不知道『心臟去顫器』被動了手腳。」

「……是這樣嗎？」

仔細想想，張藍說的確實有可能。

「『心臟去顫器』擺在那邊，誰都可以偷偷將它拿走並改造吧？」

張藍撫著自己的胸口說道：

「我是被真正的凶手陷害的——」

「不。」

陌羽冷淡的嗓音，斷除了張藍的最後掙扎。

「妳毫無疑問是真正的凶手。」

「為什麼？妳有什麼證據？」

「別忘了，我可是化身成了妳，我自然知曉凶手的一切。」

「……」

「我殺了莫向陽時所演示的一切，就是最好的證據。」陌羽指著我說道：「我試過了，使用『心臟去顫器』將人的心跳停止，至少需要數十秒的時間。」

徐水悠那時就跟我一樣，僅僅只是昏迷。

「身為護校學生的妳，在將『心臟去顫器』按上徐水悠胸口的瞬間，就該從徐水悠的生理反應發現電壓過強了。既然有異常，又怎麼會按上數十秒之久？」

陌羽將懷中的小刀掏出來，指向張藍說道：

「所以從這點來看，妳對徐水悠，有著毫無疑問的殺意。」

「也有可能是我一時慌張，才沒有注意到這事吧？」

「『不管情緒再激動，妳的理智依然能運作。』」我打斷張藍的話，同時嘆了一口氣說道：「這可是妳跟我說過的話啊。」

聽到我的話後，張藍陷入沉默。

接著，她將雙手背在身後，仰頭向天深深地嘆了一口氣。

「到此為止了嗎……」

「張藍……」

「這種破案手法也太犯規了吧。」

向我們露出與平時一般的笑容，張藍說道：

「我竟然一點掙扎的空間都沒有。」

「其實，大概也只有我們這種破案方法，能完美破解妳的手法。」

徐水悠那彷彿被電死的可怖情景，讓任何人都不敢輕易去觸碰那些電線。

沒有實際體會過，就不會有人知道水槽中的電壓根本就不足以電死人。

當然，沒有人被電到昏迷，也就不會發現急救器材那邊被動了手腳。

「真的是……很厲害呢。」張藍以佩服至極的表情點頭說道：「不愧是我崇拜許久的殺人偵探。」

「沒有讓妳失望，對吧？」

「是的，我很開心能輸掉這場勝負。」

「很開心……是嗎？」

「我不是跟莫先生說過了嗎？我無法原諒凶手——」張藍撫著自己的胸口，「我無法原諒自己。」

「妳為什麼要殺掉妳的媽媽？」

我身旁的陌羽張口，開始收取這次的報酬。

「妳恨的不是她的愛人嗎？」

「是啊，所以我殺掉了他。」張藍淡淡地說：「我在一個月前，殺掉了媽媽的愛人。」

「…………」

我想起了在徐水悠電腦中看到的失蹤事件。

我猜，那個人大概再也無法被找到了吧。

憑張藍的才智，她一定能製造出一場誰都無法破解的失蹤案件。

「你們可曾有過這樣的經驗？」

火光在張藍身後搖晃，將她的臉龐點亮。

「自己本來深愛的人，漸漸地變成另一個模樣。」

我看了看身旁的陌羽。

這種經驗我常有。

進入「狀態」後的她，會無法控制地殺向最像被害人的人。

所以我必須在那之前化身成被害人。

要是我不這麼做，被殺人衝動支配的她就會進行隨機殺人。

「媽媽在愛上那人後，完全變成了另一個樣子，雖然外表還是我深愛的媽媽，但她的內在就好像被奪走似的。對此，我感到非常恐懼。」

張藍露出悲傷無比的笑容。

「我很愛她，但也是因為我這麼愛她，我才恨她的改變。」

伴隨著身後的火光，她現出了非人的美麗。

我感受到身旁的陌羽專心地看著她，就像是在看著鏡子中的自己。

「在我殺了媽媽的愛人後，我本以為這情況會就此結束的。」

——砰。

一塊著火的橫梁從空中落下。

「但是，這什麼都沒改變，媽媽還是建了水族館，然後等待著那個永遠不會回來的人。」

——砰！

水槽因為火力裂開，噴出了大量的水。

從天空降下的水柱化作細小的雨，落在我們身上。

「這間水族館，每個地方都是媽媽的心思，每個角落也都是媽媽改變的證據。」

擁有強大理智的張藍沒有哭。

可是那不斷落下的雨，讓她就像是在哭泣一般。

「就在水族館要建成的那刻，我明白了——」

張藍閉上雙眼。

「我所愛的媽媽再也不會回來了。」

——所以，我殺了她。

「我不想看到她，繼續變成我不認識的模樣。」

我沒有反駁張藍的話。

在化身成徐水悠時，我腦中浮現的思考並不是如此。

徐水悠愛著張藍，並想快些了結這一切。

但這並不一定是事實。

「莫先生……」

在不斷倒塌的水族館中，張藍轉過身來面向我。

她的儀態和笑容，就跟初見面時一樣高雅。

「既然你可以化身成被害人，那麼媽媽在被我殺掉時，她在想什麼呢？」

「……」

「她是對她的女兒感到失望？還是為終於能從這世間解脫而開心？」

「誰知道呢。」

「……」

「我雖然能模仿、揣摩她的心思和行動，但我畢竟不是妳的母親。」

我神色嚴肅地宣示：

「徐水悠已經死了，已經徹底消逝在這個世界上了。」

所以，真相永遠無人可解。

就算妳再聰明，邏輯推理方面再厲害，妳都解不開這道謎題。

「原來如此……」

張藍輕嘆一口氣。

「『永遠不知道這個問題的解答』——這就是上天給予我的懲罰嗎？」

越來越多水灌了進來，水位已經到了我的小腿處。

「張藍。」

聽到此處，我身旁的陌羽突然開了口。

「別再騙自己了。」

「什麼？」

「別再裝作被害人的樣子了。」

「…………」

「妳是凶手。」

就像是在指出一件再平常不過的事，陌羽平靜地說：

「除了凶手外，妳什麼都不是。」

「…………」

「雖然只是短短的瞬間，但我畢竟成為了妳，妳雖口口聲聲說愛著母親，但這其實並不是事實——

「妳真正愛的是自己。」

聽到這句話。

第一次——

我看到了張藍動搖無比的神情。

「妳只接受自己想要的母親，只願意愛著自己想要的母親。」

無數石塊從天落下，發出轟然巨響！

「妳並沒有注視著真正的她，也沒有付出心力去瞭解她的改變。」

張藍甚至沒發覺，徐水悠為何要以她的名字命名這間水族館。

「妳愛的不是徐水悠。」

陌羽緩緩說出了凶手最後隱藏的真相——

「妳愛的是張藍想要的徐水悠。」

隨著這句語落，整棟建築物產生了大幅的搖晃。

約定的十分鐘已至。

我知道的，水族館已到了極限，要是再不走，不管司馬封有多麼神通廣大，他都救不了我們。

「走吧，陌羽。」

我向身旁的陌羽說道，她輕輕點了點頭。

「——莫先生。」

就在我們要走出房門時，在我身後的張藍突然叫住了我。

事後回想，這或許也是她計算好的。

這是她最後的反擊，也是對解開真相的我們最後的報復。

張藍以細小又脆弱的嗓音向我問道：

「莫先生，你不救我嗎？」

「……我無法救妳。」

殺了人的妳就算出去，也只是面臨世界和法律的制裁。

——妳已無可救藥。

「在你身邊的女孩，跟我有什麼不同呢？」

陌羽的表情依舊沒變。

但聽到張藍的話後，她扶著我的手細微的一顫。

「剛剛她對我說的話，也同樣適用於她吧？她除了凶手外，什麼都不是。」

在不斷的倒塌聲中，張藍向我問出最後一個問題。

「那麼，同樣都是凶手，為何我不能得救，她卻可以呢？」

這次，換陌羽露出動搖的表情。

「回答我一個問題，殺人偵探。」

聰明無比的張藍，在最後發現了殺人偵探不為人知的真相。

「可愛侵略性——妳的殺意源自於愛意，然而這樣就有一件事很奇怪了，若是如此，妳為何能化身成殺人者解開命案？」

「……我只是對殺意和殺人很瞭解，所以才能輕易想像出凶手的行動。」

「這只是表面的理由，對吧？」張藍微笑說道：「妳之所以做得到——

「是因為妳只愛著自己。」

——像是被她的話所傷。

陌羽輕咬著下嘴脣。

「妳擁有比誰都多的殺人衝動，所以妳比誰都還接近殺人者，妳『將所有殺人者都視作自己的分身』啊！」

他化身凶手、成為凶手——他是最擅長殺人的偵探。

「妳將自己代入到殺人者中，然後盡情發洩殺人衝動。妳想的不是『若我是凶手我會怎麼做』，而是『我就是凶手，在這樣的環境下，我要用這樣的手法殺了他。』」

「我、我——」

隨著張藍犀利無比的言語，陌羽冰冷的面具緩緩剝落，稍稍露出了十六歲少女的無助。

「沒有人不愛自己，妳靠著對自己的愛意衍生出殺人衝動，然後化身成殺人者。」

「……」

「妳不斷殺人、不斷殺人——美其名是用殺人破案，但妳跟我不過是同類！」張藍掩嘴笑道：「妳跟我一樣，都是只愛著自己的殺人凶手——」

「不是這樣的。」

我打斷張藍的話。

陌羽脆弱的表情，可不能讓除我之外的人看到。

我掙脫陌羽的攙扶，使盡僅存的力氣站穩腳步。

「她和妳不一樣。」

就像要保護她，我牽起了陌羽的手。

她雙眼微微瞪大，驚訝地看著我們相連的手。

「至今為止，陌羽都沒有殺過人。」

「……從來沒有？」

聽到我這麼說，張藍有些驚訝。

「是的，從來沒有。」

「莫先生之前不是跟我說，她殺過無數次的人嗎？」

「她殺的對象，一直都是我。」

我指著西裝下的無數傷口說道：

「那無數次的殺人，針對的都是我。」

「……原來如此啊，難怪你會說那些傷口是擔任殺人偵探助手的代價，但那又如何呢？」張藍注視著我的雙眼，「就算殺的是莫先生，那也是殺人。」

「我還活著，我還站在這邊和妳說話，所以她沒殺人。」

「莫先生沒死，不過是因為運氣好吧？」

「或許真的是如此。」

「要是哪天她真的失手，你就會死去。」

張藍走到陌羽面前，轉而看向她的雙眼。

「殺人偵探。」

就像是想把自己的提問印在陌羽心中，張藍緩緩向她問道：

「妳不覺得，終有一天妳會殺了莫先生嗎？」

陌羽嘴脣微啟，一句話都答不出來。

「等到那天來臨時，妳就會變得跟我一樣。」

張藍張開雙臂，向她笑道：

「請妳看好了，我這悽慘無比的下場，就是妳未來的模樣——」

「不，妳說錯了。」

我再度擋在張藍和陌羽之間。

「妳說的那個未來永遠不會到來。」

「莫先生不要礙事，我在跟『我』說話——」

「抱歉，張藍。」

我向張藍露出微笑。

「我想收回前言，妳和陌羽其實一點都不像。」

「我們明明很相像吧？」

「不——

「妳殺了自己母親，而她始終沒有殺掉我，這就是最大的差別。」

我收起一貫的玩鬧笑容，以再認真不過的態度向張藍說道：

「為了不讓她成為和妳一樣的存在，我是永遠不會死的。」

雖然全身依舊乏力，我仍挺起胸膛，表現出平常的模樣。

「就算是個被殺人衝動支配的偵探，但只要有我這個助手在——

「她永遠不會殺人。」

「……」

張藍默默地看著牽手的我們，一句話都沒說。

過了許久許久，她幽幽地道：

「你說得對，莫先生，我確實跟她完全不像。」

——砰！

無數的石頭掉落，砸在我和張藍之間。

「因為……她的身邊有你，而我則一個人都沒有。」

掉落的石頭和橫梁將我們隔開，也逐漸淹沒了張藍的身影。

我趕緊牽著陌羽往外跑去。

「莫先生……」

張藍微弱的聲音從我身後傳來——

「真希望……我能早點遇到你。」

聽到這番脆弱無比的話，我不禁回過頭去。

接著，我看到了——

張藍雙手掩面，哭得無比傷心。

我忍不住這麼想。

她說不定是故意的。

她知道在最後讓我看到這副模樣，會讓我再也忘不了她。

就像她說的。

不管情緒有多麼激動，她依舊能保有理智算計他人。

終章之後

而後，就像電影明星一般，司馬封闖進倒塌的建築物，將我和陌羽背了出去。

就算情況再危急，他口中的菸依然沒掉。

這人也太帥氣了吧？真希望他能分一點男人味給我。

但事實上魅力這東西要是能分給別人，我就不會是現在這副不上不下的模樣了。

當我們從建築物中逃離後，水族館就像是算好時機般轟然爆炸。

哭得最厲害的人意外地是許龐之。

他跪倒在地，就像全家死在裡頭一般痛哭失聲，還讓誤會的警察開始關心他。

這間水族館毀壞後，他投資的錢就像投到了水中，只能以血本無歸告收。

我和陌羽肩並肩站在一起，靜靜地注視著水族館的終末。

徐水悠以自己女兒命名的心血燒成了炭，也連帶奪走了自己女兒的性命。

事後，警方在裡頭找到了燒得焦黑的張藍屍體，這起水族館的事件，就此告一段落。

我和陌羽一同合著雙手拜了幾拜後，離開了這個地方。

這次的事件似乎給陌羽造成不小的影響。

雖然表情依舊和往常一樣，但在回家的路上，我感受得到她始終悶悶不樂、一言不發。

開著車的我斜眼看向副駕駛座的她，打開了話匣子。

「又順利完成一件工作了。」

我一邊開車，一邊對著副駕駛座的陌羽說道：

「只是……唉，張藍的死真的很讓人遺憾……」

我瞪大眼睛不眨眼，讓它因為過於乾燥而流出淚水。

「咦？莫向陽你——」

誤以為我哭了的陌羽，第一時間想要張開嘴安慰我，但可能是不知道要說什麼吧？猶豫許久後，她有些結巴地說：

「那、那個，莫向陽，張藍的事也不是你的錯，你不要太介意——」

「妳知道我最難過的是什麼嗎？」

「是什麼？」

「張藍答應要讓我摸的胸部……我還沒摸到。」

「…………………………」

「這麼好的女高中生就這樣被燒死了，我真的感到很難過。」

繼續瞪大雙眼，我再度流出幾滴眼淚。

「……人都死了，你還說這種話。」

「就是因為她死了，我才要緬懷她的胸部。」

「你這種男人，總有一天會受到天譴。」

陌羽像是很受不了似的坐回副駕駛座。

「是吧，不覺得我這種人真的是死有餘辜嗎？」

我以輕浮的語氣說道：

「所以，妳也不要害怕哪天真的把我殺了。」

「……」

「不過，我是不會死的。」

我對她笑道：

「為了待在我最愛的陌羽身旁，我永遠不會死的。」

「我說啊……」陌羽轉過頭來，以冷淡的雙眼看著我，「你到底哪句話是真的？哪句話是假的？」

「我覺得我最大的魅力，就是讓人搞不清楚哪句話是認真的。」

「這聽起來就像是最沒有魅力的部分。」

「那麼，我現在向妳認真告白如何？」

「咦？」

我將車停在路邊。

然後，我貼近副駕駛座的陌羽。

「等、等一下，太近了。」

陌羽冷漠的表情稍稍出現了變化，她微微紅了臉，雙手豎起，擋在我們之間。

「陌羽，妳聽好了。」

「我不聽，你又想藉機惡整我了對吧？」

「不，這次是真的。」

我以再認真不過的表情向她說道：

「我喜歡妳。」

「……」

可能是沒想到我真的會認真表白，她的小嘴微微張開。

「我很喜歡妳，從以前開始就一直喜歡妳。」

盯著她迷濛的雙眼，我緩緩宣示：

「所以，我甘願陪在妳身旁，我想保護妳不殺人，也願意承擔所有妳給予的傷害。」

可能連陌羽自己都沒注意到吧。

她的手緩緩握住了懷中的小刀。

「我願意成為妳的被害人。」

愛得越深——殺人衝動就越無法控制。

陌羽的眼中隱隱閃著紅光，她握著小刀往我的心臟——

「我是真的喜歡妳——」

我深吸一口氣後大聲說道：

「真的喜歡妳那曼妙的肉體啊！」

「…………………………」

刀子在我胸口前方一公分處停了下來。

陌羽看著我的眼神變回了原本的冷淡，就像是在看垃圾。

「如何？我認真的表白。」

我露出燦爛的笑容問道：

「怦然心動了，對吧？」

「——去死！」

陌羽握著刀子不斷向我砍來，我趕緊低頭閃避！

❖ ❖ ❖

「嗚嗚……好想死。」

陌羽抱著雙膝，嬌小的身軀完全沉浸在副駕駛座中。

雖然表情沒變，但從她身邊的氛圍可以感受得出來她很失落。

「別難過，陌羽。」我安慰她：「只要男人跟妳說喜愛妳的肉體，妳就會因此而感到心動，這也不算什麼大不了的事。」

「…………」

聽到我這麼說，陌羽更絕望了，籠罩在她身上的沉重氛圍就像是烏雲一般。

我偷偷微笑。

至少跳脫剛剛的氛圍了。

而且，我一直沒跟她說一件事。

能剝下她的冰冷面具，讓她像個十六歲少女一般嘻笑怒罵，露出各式各樣的表情，一直是我最大的娛樂。

「莫向陽……」

「妳可以叫我小陽陽沒關係。」

「……不，我有關係。」

陌羽將下巴靠在膝蓋上，偷眼看著我問道：

「你陪在我這種人身邊，真的可以嗎？」

「嗯？妳在說什麼啊？」我驚訝地說：「不知道我有沒有跟妳說過？我喜歡妳。」

「你一天說十次左右吧，我已經聽到完全沒感覺了。」

「那還真是傷腦筋。」

「到底……你是怎麼想的呢？」陌羽的眼中，透露出些許不安，「要是繼續待在我身邊，你終有一天會被我殺掉的。」

「不知道我有沒有跟妳說過？我其實是不死之身。」

「……………」

「除非小指踢到木櫃，要不然我是不會死的。」

「真不知道該說強還是該說弱的不死之身啊……」

「安心啦。」

我繼續面不改色地說謊。

「我從沒擔心自己哪天被妳殺掉。」

「就算真是如此好了，每次你被我攻擊時，難道都不會痛嗎？」

「不知道我有沒有跟妳說過？我其實沒有痛覺。」

「………………」

「除非剪指甲時剪到裡頭的肉，要不然我是不會痛的。」

「算了……不想跟你說了，沒有一句是認真的。」

陌羽像是放棄一般，閉上了雙眼。

看著她那彷彿人偶一般精緻的臉龐，我也沉默了下來。

陌雪。

若是哪天我愛上了妳的女兒，那該如何是好呢？

既然愛上了她，那麼當然也希望對方愛上我。

但是，在她愛上我的瞬間，我就會被殺掉吧？她也會因此失去自己所愛之人吧？

所以，束手無策的我只能像這樣，卡在不上不下的地方，說出真真假假的話。

真是矛盾啊。

就是因為對她無比認真，我才永遠不能讓她知道我是不是認真的。

儘管我對她的每一句表白——

「都是真的呢……」

「嗯？」陌羽睜開雙眼問道：「莫向陽，你剛才說了什麼嗎？」

「沒事。」

我露出笑容，向她說謊——也向自己說謊。

「我什麼都沒說。」

假裝自己什麼都沒說，假裝自己什麼都沒做。

假裝自己其實是個輕浮的人。

因為唯有這樣，我才能待在殺人偵探的身邊。

——**才能不被自己所愛的人殺掉**。

平樂園

chapter 07 花與瓶

一座偏遠的山中，有著一棟占地千坪的豪華洋宅，名為「歿」。

我、陌羽以及寥寥幾名女僕住在「歿」中，過著有如隱居一般的生活。

在建造這棟豪宅時，有特別拜託設計師，讓它隱藏於山林之中。

所以，周遭的樹木和山岩就像巧合般擋住了所有視線角度，若不是刻意尋找，就算是走到近前也很難發現。

這棟宅邸默默地藏在深山中，不被任何人發現；當然，更不用說有訪客來訪了。

但是，今天有了客人。

「莫向陽。」

坐在我對面喝著紅茶的，是穿著黑色風衣、滿面風霜的司馬封。

「我來收取你答應要給我的報酬了。」

「報酬？」我啜飲著手中的紅茶，有些裝傻地問：「什麼報酬？」

「你之前在水族館說過，要告訴我十年前的真相。」

「喔喔——沒問題。」我扶了扶眼鏡，擺出嚴肅的臉，「我是個信守承諾的男人，我說到做到。」

聽到我這麼說，司馬封從懷中拿出一個銀色的打火機，「喀嚓」一聲點起了火，像是準備要好好聽我打算怎麼說。

「聽好囉，司馬封。」

「嗯。」

「十年前，我十五歲，那時——我偷偷地在無照開車。」

「…………」

司馬封手抖了一下，菸沒點著。

「我說完了。」

「……初代殺人偵探的事件呢？」

「我不想說。」

——轟！

也不知道是不是誤觸火力的開關，司馬封手上的打火機突然火光大盛，點燃了手中的菸。

「你現在是想破壞約定嗎？」

司馬封的眼神非常冰冷。

老實說我覺得有點恐怖，但我還是努力露出微笑說道：

「我沒有破壞約定喔，我不是這樣說的嗎——」

「——等到這個事件結束後，我願意告訴你十年前的一切。」

「我沒有說『一切』是什麼吧？」

雖然司馬封身上散發出殺氣一般的寒意，但我仍繼續說道：

「我並沒有要說陌雪的事件，是你自己誤會了。」

「所以，你就隨便說一件十年前的事愚弄我嗎？」

「我沒有愚弄你，雖然不合法律程序，但我允許你現在開我無照駕駛的罰單——」

——砰！

一顆子彈掠過臉龐，打穿了我身後的沙發！

「…………」

「膽識不錯嘛。」咬著菸的司馬封點了點頭，「我本來是想嚇嚇你的，沒想到你表情完全沒變，真不愧是殺人偵探的助手。」

不，其實我只是嚇到完全動不了。

要不是眼前的桌子遮蔽了我的腳，絕對會被發現我的雙腳其實正因害怕而顫抖。

這個警察根本是有牌的流氓吧？

一般會在別人的住宅處直接開槍嗎？

看來他說為了破案什麼事都會做是真的啊。

「不過我在來之前，多多少少就預料到了會是這種發展。」

司馬封將身子往後靠在沙發中。

「要是這麼簡單就能偵破十年前的案件，我也不會困擾這麼久了。」

「你跟陌雪——不，你跟初代殺人偵探究竟有什麼因緣？」

「我沒有必要跟你說吧。」司馬封吐出一口煙說道：「還是你想跟我交換情報？用案件真相換我的自白？」

「……」

「司馬封，我嚴正地問你——」我雙手交握，托在下巴處，「你是男的還是女的？」

「你有胸部嗎？有翹臀嗎？年齡是十六歲嗎？」

「…………」

「既然上述條件你都沒有，請恕我無法跟你進行交易——」

——砰！

又是一顆子彈掠過我的臉龐，這次近到連皮膚都被劃傷。

「嘖，打偏了。」

司馬封咂了聲舌。

「不要動不動就開槍好嗎！」

「抱歉，槍枝老舊，有時難免會走火。」

「你剛才不是還說打偏了嗎？」

「是偏了啊，我本來想打你旁邊的蟑螂，但一不小心打到更大的蟑螂了。」

「很好，你就這麼想找我打架是嗎？給我到外面去！」

「沒問題。」

司馬封站起身來，以冰冷的眼神從高處俯視著我。

「抱歉，司馬大哥，麻煩你坐下。」

「……」

「你讓我很害怕，算我求你了，快點坐下。」

「……你這人還真是莫名其妙。」司馬封再度坐了下來，「我還是第一次遇到像你這樣的人。」

「第一次遇到像我這麼帥的人？」

「你的耳朵是怎麼回事……」司馬封輕嘆了口氣，搖了搖手上的菸，「總覺得你這人就像我手上的菸一樣，令人捉摸不定。」

「像你手上的菸？也就是說——」

我雙手護住自己的身體，擺出驚懼的表情。

「你想把這麼帥的我吸到口中？」

「…………」

司馬封徒手把手上的菸捏熄。

「……我開始覺得跟你說話是浪費時間了。」

他的表情就跟手上的菸一樣，一點幹勁都沒有。

「警界的菁英大人，還是快些去做你該做的事吧。」我向外揮了揮手說道：「別在我這種人身上虛度光陰了。」

「不管怎麼做，你都不會說出十年前的真相，是嗎？」

「是的，但看在你之前救了我和陌羽的分上，我可以將十年前的結論跟你說——

「是我殺了陌雪的。」

「……………………」

「初代殺人偵探，是我殺死的。」

聽到我這麼說，司馬封再度點了一根菸，以銳利的眼神看著我。

我算是稍稍看懂這個人了，抽著菸時，似乎就是他思考和認真的時候。

「你剛才說的是事實嗎？」

「是事實啊。」我露出微笑，「不過我說的話有九成是謊言，所以我也不太確定就是了。」

「沒關係，光是聽到這句話，對我來說就足夠了。」

「這樣算還清你之前水族館的人情了嗎？」

「當然沒有。」司馬封晃著手中的菸說道：「為了救你們，我可是調動大批警力，還親自衝進火場中耶。」

「我話可是說在前頭喔，不管你做什麼，我都不會說出十年前的事的。」

「那麼，就當作還我人情，幫我一個忙好了。」

司馬封從懷中抽出一個黃色的信封。

「你跟殺人偵探去約個會吧。」

「什麼？」

「沒聽清楚嗎？」

司馬封吐出一口煙，露出似笑非笑的表情說道：

「你跟陌羽去約個會吧。」

❖ ❖ ❖

「平行世界樂園」，簡稱「平樂園」。

這是最近很風行的一座遊樂園，因為每天的入場人數有限制的關係，所以一票難求。它最特別的地方，在於它使用了「全息投影」這個最新技術。巧妙利用光影和投影技術，使園中不定時地出現各式各樣的影像，營造出似真還假的世界來。

司馬封給我的黃色信封中，裝的就是「平樂園」的入場券兩張。

「這傢伙……到底在打什麼主意？」

我打量著手中的兩張票，滿臉疑惑。

就算追問司馬封，他也什麼都沒說，只說到了那邊後會有聯絡人跟我接洽，和我說明案件詳情。

他是不是在報復我剛剛要賴啊？所以才這樣賣關子。

看來這個傢伙意外地較真和記仇。

不過，既然都送我這樣的好東西了，不用也太可惜了。

就讓我借花獻佛，邀請陌羽一起去遊樂園吧。

「嗯？」

走到陌羽房門前，我驚覺門前很少見地空無一人。

要是以往，應該會有一個女僕默默在門口站崗才對。

「對了……記得這幾天愛莉莎出差去了。」

宅邸中雖有幾位女僕在維持環境，但陌羽不讓任何人靠近她，因為她怕自己會一不小心喜愛上他人，進而產生殺人衝動。

但這之中還是有幾個例外。

其中一個是我，另外一個就是愛莉莎。

愛莉莎是陌羽的貼身女僕，從小就跟著她，負責照顧她的生活起居，是少數能待在陌羽身邊的人。

不過對我來說，愛莉莎只是個麻煩至極的傢伙。

「機會難得……」

我偷偷打開陌羽房間的門，躡手躡腳地走了進去。

少了愛莉莎妨礙，就讓我好好地捉弄陌羽這傢伙——

「…………」

當看到眼前的情景後，我猛然停下腳步。

陌羽靠在椅背上，閉著眼睛沉入夢鄉。

從她膝蓋上蓋著的書，可以推測她是看書看到一半睡著的。

窗外的陽光照了進來，將陌羽精緻漂亮的臉龐點亮。

長長的眼睫毛化作陰影，落在潔白的臉上。

柔軟且小巧的嘴脣隨著呼吸不斷細微起伏。

微風揚起了她的頭髮和身上的洋裝，讓她的美麗少了一些冰冷，多了一分躍動。

彷彿被這樣的陌羽吸引，我不自覺地走到她的面前。

「真的……跟陌雪越來越像了。」

我的右手緩緩前伸，想要觸碰陌羽的臉頰和頭髮。

但就在要碰到的那刻，手就像凝固一般停在了半空中。

「不行……」

我用左手捉住了自己的右手。

要是在觸碰陌羽時她醒來，我的心情不就會被發現嗎？

我不能被任何人看穿，不能讓人知道我心中的想法。

若是被發現我喜歡陌羽——若是陌羽哪天真的愛上我。

那我就會被殺死。

「但至少……這樣沒關係吧？」

搬了一張椅子，我坐在陌羽對面。

我靜靜地看著她，就這樣讓時間緩緩流過。

「真是的……」

明明如此接近，卻又如此遙遠。

不管多麼想碰觸，都無法伸出手去。

或許這輩子我都只能像這樣，默默地待在她身旁看著她。

心情漸漸苦悶起來，我深深嘆了口氣，將視線轉向別的地方。

「她的房間還是老樣子啊。」

陌羽的房間幾乎空無一物。

床、書桌、椅子、書櫃、梳妝臺——就只有這五樣東西。

這些家具並沒有任何用來裝飾的花紋和樣式，僅有樸素至極的黑色。

陌羽的「可愛侵略性」針對的對象僅有人，並不會因為喜愛就破壞家具或是任何物品。

所以，她明明可以像個女孩子一般，把房間弄得更加可愛的，但她不願意這麼做。

「喔……這是？」

陌羽的書桌上，擺著一個勉強稱得上是裝飾的東西。

那是一個白色的花瓶。

但裡頭一朵花都沒有，空無一物。

「她竟然還把這留著啊？」

看著那花瓶，我想起了許久前的事……

❖　❖　❖

某天，我買了一束花，帶了一個白色素燒花瓶來到陌羽住的地方，想要裝點她的房間。

見狀，她馬上這麼對我說：「把花拿走，莫向陽。」

她看都不看花一眼，就這樣以冰冷的語氣拒絕了我。

「為什麼？妳討厭花嗎？」

「我不是討厭，但我不需要花。」

「這些花這麼漂亮，擺在房間，也可以讓妳在看書累時轉換心情——」

「不需要，拿走。」

我低下頭，假裝很失落的樣子。

「我剛剛在外頭的花園搜集這些花，花了三個小時。」

「……」

「雖然太陽很大，但為了做出美麗的花束，我仍努力咬牙撐住。」

聽到我這麼說，陌羽看了我一眼，淡漠的眼中有著一絲不安。

「沒想到……陌羽竟然連看都不看一眼。」

推了推眼鏡，我露出有些悲傷的笑容，緩緩說道：

「妳說得對，是我多事了，我現在就拿出去。」

「……放下吧。」

「嗯？」

「我說把花放下。」

陌羽一邊小小聲地說這句話，一邊轉過頭去。

「謝謝陌羽沒白費我的心意。」

我趕緊把花裝入準備好的白色素燒花瓶，放在她的書桌上。

「莫向陽，我應該早就跟你說過了，我不需要這些不必要的東西。」

「妳有說過嗎？」

我一邊裝傻，一邊往花瓶內加水。

「像我這種人，最好不要喜愛上什麼事物比較好。」

「為什麼？妳的殺意又不會針對物品。」

「但是這些物品會連結到人身上。」陌羽看著我擺在她桌上的花說道：「喜歡某幅畫，就有可能對畫的人產生好感；喜歡某本書，就有可能對作者感到欽佩。倘若說得再極端些，光是知道有人和我喜愛同樣的書，我就有可能對他產生興趣，想要和他聊天了。」

「若照妳這樣的說法，妳豈不是連書都不能看了？」

「是啊。」

「但妳一個人在房間中時，不都是用讀書來消磨時光嗎？」

「你知道嗎？莫向陽。若是在我閱讀過程中，喜歡上了某個作家，那麼從那刻起——」

陌羽將手上的書放下。

「我就再也不會碰那個作者的其他書了。」

「……」

「好在這世上的書夠多，即使我這麼做，我依然可以有足夠的書打發時間。」

小時候的陌羽並不像現在這般冷冰冰。

但是隨著年紀越大，她也逐漸意識到自己的特別。

為了不傷害到他人，她凍結了所有表情和情感，與所有人保持距離。

她的陽傘內部之所以是深紅色，黑色洋裝的下襬之所以染著點點鮮血，其目的都是為了讓其他人覺得她很詭異，不敢輕易靠近她。

「妳打算就這麼過一輩子嗎？」

我一邊用手指梳理眼前的花，一邊說道：

「不喜愛任何人、事、物，就這樣過著禁慾的人生？」

「是啊。」

「這難道不是逃避嗎？逃避『喜愛』這件事，逃避『自己的感情』。」

「唯有這樣，我才能不殺人。」陌羽低聲說道：「我不是逃避，我是在保護別人。」

離群索居在深山中。

沒有朋友、沒有家人——沒有任何親近的人。

陌羽下意識地拒絕所有事物，將自己的慾望和感情降到極限。

除了以「殺人偵探」辦案的時刻，陌羽始終關在房間中，獨自一人。

然而，我曾在深夜時看到。

陌羽站在房間的窗邊，眺望外頭的世界。

雖然眼神和表情一如往常，但我看得出那之中有著深深的寂寞和欽羨。

她畢竟只是個十六歲的少女，就算自制力再高，也不可能像個得道高僧般抹去所有感情。

所以，我才在今天拿花過來。

「如果不是書或畫這種人創造出來的東西，那就沒問題了吧。」

我將整理好的花轉過來，以最漂亮的角度面對她。

「花是大自然創造的，妳不用擔心對任何人產生好感——」

「——那也是一樣的。」

陌羽打斷我的話。

就像很害怕似的，她移開自己的目光，避開那些花。

「因為，這花是莫向陽你拿過來的。」

「……」

「只要看到花，我不是就會想到你嗎？」

陌羽原本移開的目光轉向了我，舉起手上的書，遮住自己的下半張臉。

以清澈無比的雙眼看著我，她緩緩說道：

「我不想喜歡上你……不想殺掉你。」

因為書的關係，我看不到她此時的表情。

我們兩個凝視著彼此，一時之間默然無語。

過了一會後，我推了推眼鏡，嘆一口氣。

「……雖然聽妳這麼說，我是很開心啦。」

我搔了搔臉頰，露出笑容道：

「但那些花其實不是我摘的，而是從花店買的。」

「……」

「因為特價，所以一不小心買太多，我房間裝不下，就想說順道拿一點到這邊來。」

「……你又在捉弄我了，是嗎？」

「唉呀，就算是殺人偵探，也不過是個十六歲的小女孩呢。」

我對陌羽吐了吐舌頭。

「說幾句甜言蜜語，就因為一束花而心動了，真是太好騙了——噗噗。」

我掩嘴笑了起來。看到我這樣，陌羽的表情雖沒變，但似乎因為過度氣憤和不好意思，她的身體不斷輕微顫抖。

「……我才沒心動。」

「咦？是這樣嗎？記得妳剛才是這麼說的——」

我模仿陌羽先前的模樣，扭扭捏捏地說：

「『我不想喜歡上你……不想殺掉你』——嗚啊！」我低頭閃過陌羽揮來的小刀。

「我要殺了你。」

「妳剛剛不是才說不想殺了我嗎！」

「不是因為喜歡上人而殺人，而是因為厭惡而殺人……沒問題。」

「這一樣很有問題吧！」

在那之後，我被趕出了陌羽的房間。

那些花最後還是被送回到我這邊，但我不知道陌羽將花瓶留了下來。

「我一直都知道的……」

從回憶中醒來的我，雙手捧起陌羽桌上的花瓶。

就跟她會放掉喜歡的書一般，陌羽一直在心底和我保持距離。

即使已經陪伴這麼久，即使被她殺害那麼多次——

但她依然跟初次見面一樣，稱呼我為「莫向陽」。

我和陌羽的關係，或許就跟這個花瓶一樣吧？總是空無一物，什麼都沒有。

「真是的……」

轉頭看向陌羽平穩的睡臉，我突然有些不開心。

「就我一個人被妳動搖、影響……」

為了公平，也得讓妳胡思亂想一下才行。

我拔起麥克筆，在陌羽手上寫起字來。

「——我喜歡妳，請妳明天和我約會，好嗎？」

我故意不署名，將「平樂園」的票留在陌羽桌上，走出了房間。

雖然我知道，她很快地就能猜到是誰寫下這行字的。

但就算是一瞬間也好，讓她因為我而煩惱吧。

chapter 02

平樂園

「盲？」

在我和陌羽開車前往「平行世界樂園」的路上，我接到了司馬封的電話。

他這幾天似乎因為別的案子而出國了，所以只能用電話和我們進行案件說明。

「『特殊命案科』中有許多列管的案子和人物。」

即使隔著電話，也可以聽到司馬封吞雲吐霧的聲音。

這傢伙一天到底要抽幾根菸啊？

「就我個人而言，我最想破的案子是十年前的『初代殺人偵探案』。」

此時，坐在副駕駛座的陌羽輕輕拉了一下我的袖子。

我將手機接到汽車的音響上，讓對話擴音出來。

「但近期最知名，也最讓『特殊命案科』傷腦筋的，是一名叫作『盲』的人物。」

「這人的名字還真奇怪。」

「我倒是覺得叫殺人偵探的傢伙，沒什麼資格批評人家的名字。」

陌羽抿了一下嘴唇。

看來被批評名字古怪，似乎讓她小小受了一點傷。

我偷偷將這點記在心中，打算以後拿來取笑她吧。

「那麼，這次邀請我們去『平樂園』，是為了『盲』這傢伙嗎？」

「你說得沒錯，『盲』自行向我們預告，會在今天出現於『平樂園』中。依往例，他必定會遵守他的預告，所以這是個好機會。」

「你想要我和陌羽到『平樂園』中，幫你抓住『盲』那傢伙嗎？」

「跟聰明人說話真是省事，我都還沒開口，就馬上猜到了我想說什麼。」

「是啊，就連你利用我們幫『特殊命案科』辦案這事都一併理解了。」

「這樣之前的人情就算兩清了，對你們來說也不算壞事吧。」

聽司馬封這麼說，我悄悄嘆了口氣。

「特殊命案科」的勢力和權力比想像中還大。

要是得罪他們，之後說不定會對我和陌羽辦案產生阻礙。

「這次我們就幫你吧，但你要答應我，這次過後，我們就不欠你了。」

「我可是個男人啊。」

司馬封吐出一口煙，緩緩說道：

「我說出的約定必定會實現，偷占其他人便宜的事，我是不會做的。」

……他是不是在諷刺我之前耍詐啊。

「司馬警官。」

我身旁的陌羽突然插話道：

「那個叫『盲』的傢伙是怎樣的人？」

「什麼都不知道。」

「咦？」

「不僅長相不明、性別不明，就連多大年紀都不知道——跟他的名字一樣，對於他這個人，我們什麼都看不到。」

「……」

在這現代要做到這樣的事，是多麼難啊。

光是聽到這邊，就能理解這個叫作「盲」的傢伙有多麼厲害。

「就沒有任何已知的情報可以告訴我們嗎？」

「還是有一些的，比方說，他似乎是個『醫生』。」

「醫生？」

「是的，而且是外科醫生，傳聞他的醫術非常高超，連死人都救得回來，在地下世界中可謂無人不知、無人不曉。不過他有個很奇特的習慣，那就是——『救十人，殺一人』。」

「『救十人，殺一人』……？」

「每救十人，他就會接受一次殺人委託。」

「既然都會出面殺人了，為什麼你們連他長怎樣都不知道？」

「這就跟他後兩個特性有關了。」

另一頭傳來打火機的「喀嚓」聲，司馬封點起了另一根菸。

「『盲』絕對不會親自動手。」

「……什麼意思？」

「他會以言語和行動誘發他人想殺人的慾望，並提供計謀供他人實行。」

「教唆殺人……是嗎？」

若是始終躲在凶手背後當個策劃家，也難怪不知道他長怎樣了。

「而且『盲』的做法極為高明，就算抓到他，可能連定他罪都很困難吧。」

「感覺真是棘手……」

「不，比起最後這點，剛剛的都不算什麼。」司馬封緩緩說道：「『盲』是心理盲點的專家。」

「心理盲點？」

不是犯罪天才，也不是殺人技術高超，而是盲點的專家？

「是的，彷彿看穿人類思考，他巧妙利用、躲藏在盲點中，有時就算他站在你面前，你也無法發現他就是『盲』。」

「……難怪叫作『盲』。」

「我推測他可能擅長化妝成他人，所以才能把大家耍得團團轉，不過就連這點我們也不敢肯定。」

「這是什麼漫畫怪盜的設定……」

「總之，『盲不殺人』、『盲總在背後策劃』、『盲是分析人類的專家』。」

「咦？這個好像……」

聽到這邊，我看了看身旁的陌羽，結果發覺她也和我一樣若有所思。

因為——

「是的，就我看來，『盲』和殺人偵探是相反的。」

陌羽殺人。

陌羽總是親自出面。

陌羽從不分析他人。

「所以，我期許你們會成為他的剋星。」

就在司馬封說出結論的那刻，我和陌羽來到了「平樂園」。

一般遊樂園是開放式的空間，但是平樂園不同。

可能是害怕外頭的光線影響到「全息投影」，平樂園是個圓形的大型建築物，外觀看起來就像是巨型的歌劇院。

「歡迎兩位來到『平行世界樂園』，我是兩位今天的嚮導之一，司馬焰，你們可以叫我小焰。」

等我們到達位於山上的平樂園後，一名有著及腰長馬尾的女孩出來迎接我們。

她只比我稍矮一些，瘦高的身材就像模特兒一般玲瓏有致。

這名叫作司馬焰的女孩戴著耳機，穿著平樂園的導覽員制服。這套制服上半身以白黑兩色混合而成，整體設計非常具有未來感。

至於下半身則是短版的黑色窄裙，司馬焰雪白修長的雙腿從裙中伸了出來，洋溢著耀眼的活力，讓人忍不住多看幾眼。

「兩位想必就是殺人偵探和她的助手吧，你們的事我都聽哥哥說過了，今天就交給我和姊姊吧。」

司馬焰握拳敲了一下自己的胸膛，露出大大的笑容。

這人似乎和陌羽是完全相反的類型，肢體動作較大，表情也非常豐富，感覺是個非常活潑的女孩。

「等一下，司馬焰——」

「叫我小焰就好。」

「小焰，我有幾個非常重要的問題想先請教妳。」

我看著她的雙眼，認真問道：

「首先想請教，妳今年幾歲？」

聽到我這麼問，陌羽默默地拉開和我的距離，似乎是想裝作不認識我。

「我今年十六歲，高一！」

司馬焰露出大方的微笑回答了我，完全不介意我這麼唐突的問題。

「妳剛說妳是司馬封的……？」

「妹妹。」

「聽妳剛剛的說詞，妳上面似乎還有個姊姊？」

「是的，她叫司馬霜，我們兩個是雙胞胎。」

姊姊叫作霜，妹妹叫作焰。

真是明白且容易理解的對比。

「該不會……妳姊姊和妳一樣漂亮吧？」

「討厭啦，莫先生。」司馬焰笑著搖搖手，「既然是雙胞胎，當然長得一樣啊，不過我覺得姊姊比我漂亮多了。」

高中生……而且又是雙胞胎。

「我明白了，妳們等我一下，我有一件很重要的事要先做。」

我走到一旁，撥了一通電話。

可能是想聽我要說什麼，陌羽也靠了過來。

「喂？」

在幾聲鈴響後，傳來司馬封厚實的聲音。

「『盲』的案件有進展了嗎？怎麼突然打給我——」

「——你這個垃圾！」

我劈頭就痛罵！

「…………」

「本來以為你是個鐵錚錚的硬漢，但你竟然有兩個漂亮的高中生妹妹！我對你真的是太失望了！」

「……你打來就為了說這個？」

「沒錯。」

我將電話掛掉，身旁的陌羽露出死掉的眼神。

雖然司馬封瘋狂回撥，我卻都視而不見，裝作沒發覺的樣子。

「莫先生，怎麼了嗎？」司馬焰湊了過來，歪著頭問道：「是不是我有什麼得罪你的地方，讓你特地要打給哥哥？」

「沒事、沒事。」我露出一貫的輕浮笑容說道：「像妳這樣的美少女，不管做什麼都不會錯的。」

「那就好。」司馬焰拍了拍胸口，像是鬆了一口氣，「難得能幫哥哥做事，我可不想讓他失望呢。」

「讓他失望也沒關係，應該說最好讓這人生勝利組因為失望而自殺。」

「這怎麼行呢！哥哥可是、可是我——」

司馬焰說到一半閉上了嘴，臉有些羞紅。

嗯？這反應似乎……？

為了印證心中的想法，我向她問道：「小焰，妳有看到那邊撐著陽傘的殺人偵探嗎？」我指了指陌羽，「妳覺得她怎麼樣？」

「我從沒看過這麼漂亮的人。」

「那妳覺得我怎樣？」

「莫先生雖然外表看起來很輕浮，但事實上或許意外地很認真？」

「那妳覺得司馬封如何？」

「我覺得哥哥他、哥哥他——」司馬焰轉過頭去，有些不好意思地說：「我覺得哥哥是個很棒的人……」

「……………………………」

我再度走到一旁去，接起從剛剛開始就不斷震動的手機。

「喂，你這傢伙究竟是──」

「──你這人渣！」

我繼續痛罵司馬封。

「妹控！變態！現充！全民公敵！第一危害指定物！女高中生狂熱者！令人羨慕的傢伙！輕小說男主角！」

「我說啊……為什麼我非得被你說得那麼難聽不可──」

我將電話切掉。

手機再度瘋狂震動。

在把司馬封設成拒絕接聽的用戶後，手機總算安靜了下來。

陌羽在旁以無言至極的表情望著我，看來她應該知道我剛才幹了什麼。

「莫先生？又怎麼了嗎？」

司馬焰再度湊過來。

「別在意，我只是當了一回正義的夥伴而已。」我露出笑容，趕緊轉移話題，「對了，小焰，今天司馬封是拜託妳什麼事？為什麼是由妳這個高中生帶我們進入平樂園？」

通常應該會由警方或是「特殊命案科」的人吧？

「因為我和姊姊都在這間遊樂園打工，比較熟悉裡頭一些特殊機械的操作，所以由我們來擔任你們的嚮導比較合適。」

「原來如此。」

「而且，雖然哥哥的主要目的是抓出『盲』來，但他也特別吩咐我和姊姊好好招待你們。」

「招待我們？」

「他說這次是特地拜託你們兩人來幫忙的，所以希望你們也能趁這個難得的機會，好好享受一下這座遊樂園。」

「真是沒想到啊……」

雖然司馬封外表看起來很粗魯，但其實意外地體貼。害我對剛剛罵他一事產生了些許罪惡感。

「為了抓到『盲』，從昨晚起，我們就將所有工作人員趕了出去，並在確定裡頭除了我和姊姊外沒有其他人後，封閉了這座樂園，不讓任何人出入。但很古怪的是，直到現在，我們還是沒發現『盲』的身影。」

司馬焰歪了歪頭，有些疑惑地說：

「『盲』真的會跟哥哥說得一樣，跑到平樂園裡頭嗎？」

「會不會他已經偷偷混進來，但你們沒發現？」

「那是不可能的。」司馬焰指著出入口，「這座遊樂園只有一個入口，其他地方是無法進來的，哥哥又在天花板處藏了一架空拍機，藉此隨時掌控遊樂園的全景，要是有人闖進來，一定會被發現的。」

「那麼，除了小焰和司馬霜外，現在這座遊樂園中還有其他人嗎？」

「沒有其他人了。」

「確定不會出錯？」

「絕對不會出錯。」

司馬焰一邊搖頭一邊說道：「至於我為什麼敢肯定這件事，請容我進去後再跟兩位解釋。」

也就是說，待我和陌羽走進遊樂園後，裡頭就會有四個人。

此時，我的腦中響起了司馬封之前說過的話。

「──『盲』是心理盲點的專家。」

「──我推測他可能擅長化妝變成他人。」

「……」

其實，嫌疑犯的人數根本就寥寥無幾吧？

我默默觀察站在我們前方的司馬焰。

若是將我和陌羽從嫌疑名單去除，那麼「盲」有可能化身的人選，就只剩下司馬焰和司馬霜兩人了。

竟然化身成司馬封的妹妹，「盲」的膽子也真是大。

那麼，究竟是哪個呢？

「盲」究竟變成誰了？

司馬霜現在還沒現身，她理應是最有可能的人選，但也有可能出乎意料的是我們身前的司馬焰。

「莫先生怎麼這樣打量我？」

看穿我心思的司馬焰，對我露出甜美的笑容說道：

「你是不是懷疑我是『盲』所假扮？」

既然被看穿了，我也就不客氣地點點頭。

「那麼，莫先生就來親自確認看看吧？」司馬焰用手指輕戳自己的臉，「歡迎你碰碰看我的臉。」

「可是，初次見面就碰妳的臉……」

「莫先生不要客氣，儘管摸——」

「那我就不客氣了。」

我毫不猶豫地將雙手蓋住司馬焰的臉，動作迅速得就像一道電光。

剛剛不過是以退為進而已，果然還太年輕啊，竟然這麼簡單就上當了。

「咦、咦？」

我太過突然的舉動，讓司馬焰陷入些微的混亂中。

得到正當名分的我，不斷對她的臉大摸特摸。

柔軟又富有彈性的臉頰，就像是白色的麵團。

嗯……若說這是化妝或是偽裝，實在不太可能──不對，若是巧妙到極點的易容術，仍是有可能的。

「那個……莫先生？」

司馬焰露出有些不好意思的表情，但我仍未停手。

這樣的易容或許在哪有接縫？

我的手逐漸往下移，往司馬焰上衣的領口空處摸了過去──

──砰！

一陣巨力突然從我背後襲來，讓我瞬間面朝地倒了下去！

「做什麼啦！陌羽！」

我跳起身來，大聲抗議。

陌羽雙手橫拿著收起的陽傘，整個人的動作就像是剛剛揮完棒的模樣。

這傢伙竟然把我當棒球打了出去啊！

陌羽冷然地看著我說道：「你這變態。」

「我說啊……我是在調查好嗎？」

「你這大變態。」

「就說了，我剛剛是──」

「你這變態犯罪者。」

「…………」

完全無法溝通。

「真是意外耶……」司馬焰露出饒有興致的表情看著我們，「從剛剛開始陌小姐就沒說話，我一直以為她是個冷冰冰的人，沒想到跟我想的似乎不太一樣。」

「小焰，她只是佯裝很酷的樣子。」我搖了搖手說道：「在家裡時，她可是個會在深夜遙望窗外，企圖引起他人關心的憂鬱少女呢——好痛！」

——咚的一聲。

陌羽再度拿陽傘朝我頭敲了一下。

儘管面無表情，但她身體微微顫抖，像是有些不好意思的模樣。

「——！」

發覺我跟司馬焰在看她，她馬上背對我們。

表面上看起來好像跟平常一樣，但我注意到她的耳根微微羞紅。

「哼哼～～」

司馬焰看著陌羽的背影，又轉頭看了看我。

交互看了幾次後，她手捂著嘴，露出奇怪的笑容說道：「原來是這樣呢～～」

「怎樣？」

「原來這才是真正的陌小姐呢。」

「…………」

總覺得司馬焰這句話中含著千言萬語，但我無法解讀其中深意。

「那麼，時間已差不多了。」

司馬焰很有活力的舉手說道：

「就讓我帶兩位享受這間平樂園，順道把『盲』抓出來吧。」

她似乎把目的搞反了。

但看著她極富魅力的笑容，也會連帶覺得這點小事一點都不重要。

❖ ❖ ❖

「平樂園」位於山上，四周都是斷崖峭壁，只有一個出入口。

我站在平樂園的入口處，環顧四周。

「真的一個人都沒有啊……」

為了抓到「盲」，「特殊命案科」在今天封閉了平樂園，對外宣稱是遊樂園有重大整修，只准相關人士進入。

這個警察組織的勢力似乎比我想像中的大，竟能完全控管知名樂園一整天。

「在進樂園前，請莫先生和陌小姐兩位戴上這副耳機。」

司馬焰將兩副不斷發著光的耳罩式耳機遞給我和陌羽。

「這是……？」

「『全息投影』可以把幾可亂真的投影呈現在你們面前，但聲音的遠近就不能控制了。為了讓演出更有效果，之後在樂園中發出的音樂和效果音，會透過耳機傳給你們。」

「真是講究啊……」

我和陌羽將耳機戴上。

陌羽的打扮和這種充滿未來感的東西意外地很不搭，我看著她掩嘴偷笑，她默默地以冷淡至極的眼神向我表達抗議。

在確認我和陌羽的耳機沒問題後，司馬焰轉而對自己頭上的耳機說話。

「貴賓兩名進入，霜，有收到嗎？」

此時，一個虛擬四方形螢幕突然出現在司馬焰的面前。

螢幕裡頭的人和司馬焰長得一模一樣，只是髮型不是長馬尾，而是雙馬尾。

「收到，貴賓兩位即將進入。」

司馬霜的聲音從耳機傳了過來，比司馬焰的聲音低沉許多。

「焰，請問是否要啟動『平行世界模式』？」

司馬霜在說話時表情完全沒變動，語氣也毫無抑揚頓挫。

「請啟動模式，霜。」

「僅遵焰的吩咐，『平行世界模式』將在三十秒後啟動——」

就在司馬霜這麼說後，一個三十秒的倒數時鐘出現在螢幕中。

看來這對姊妹的分工，是一個負責引導遊客，一個則在背後操作儀器。

「陌小姐、莫先生，請到這邊來。」

司馬焰將我和陌羽拉到入口的中正央。

「請你們仔細看好眼前的情景。」

順著司馬焰的手勢，我們向前方看去。

長長的中央人行道旁邊，有著兩排綠樹，雖然很簡潔乾淨，卻沒有什麼值得一看的景象。

「請問，我們是要看什麼——」

「準備完成。」

司馬霜冰冷的聲音，打斷了我的疑問。

「『平行世界』——展開！」

就在這瞬間——

大量的乾冰噴了出來，遮蔽了我們的視線！

我們身後的入口處發出沉重的聲響，緩緩關上。

「別擔心，兩位貴賓，這是演出的一部分。」

耳機處傳來了司馬焰的聲音。

雖然知道這不過是演出，但我仍暗暗提高了警戒。

現在還不知道「盲」在哪裡，要是他是司馬霜或司馬焰其中一人——

「哇啊……」

我發出驚嘆。

等到乾冰的白煙散去後，不管是疑心還是警戒都丟到了九霄雲外。

——世界改變了。

大量的櫻花填滿了我們的視野。

就像到了另一個世界，所有綠樹都披上了櫻花色的外衣，無數的花瓣在天空飛舞，就像是一片片雪花。

陌羽伸出手去，想要接住眼前紛飛的花瓣。

但這些花瓣在落到她手上的那刻，就像被吸進去一般消失、融化。

可能是覺得很有趣吧，陌羽輕輕一笑。

她的美麗本就超脫世俗，不像是這世界應有之物，此時配上她身旁的花瓣，那股破壞力更是不斷向上升級。

看著她的側影，我就像被奪走魂魄一般呆站在原地，完全說不出話來。

「司馬焰。」

陌羽指著眼前的花瓣，問道：

「這些花瓣，全都是『影像』對吧？」

「不愧是殺人偵探呢，一眼就看穿了機關所在。」司馬焰雙手大張，「利用光影和全息投影的技術，我們改變現有的世界。」

原來如此，影像和現實交錯的世界是嗎？

我靠近載滿櫻花的綠樹，雖然遠看確實看不出來，然而一旦接近到極處，就能發現上頭的櫻花是虛幻的影像。

「我們用影像沾染世界，用夢想侵蝕現實——」

司馬焰說完這句話，螢幕中的司馬霜立刻接上。

「我們用美麗裝點平凡，用虛假替代真實。」

一人一句，這對雙胞胎極有默契地一搭一唱。

「我們將另一個『世界』拉來這邊——」

「我們將兩個世界合二為一。」

「這裡擁有你平常看不到的美景。」

「這裡站著你原本見不到的人。」

司馬焰和司馬霜一同張開手，向我們露出一模一樣的笑容。

「兩位貴賓，歡迎來到虛實交錯的國度——

「歡迎來到『平行世界樂園』。」

❖ ❖ ❖

做完開場白後，顯現出司馬霜的螢幕就消失了。

司馬焰繼續在前方引導我和陌羽。

不過在裡頭走個五分鐘，我就輕易理解了為何這座遊樂園如此受歡迎。

「真是驚人啊……」

隨著司馬焰的指引，我和陌羽看到了許多驚人的景象。

花上有著翩翩飛舞的小妖精。

河流上有時會出現唱歌的美人魚。

要是抬頭看看天空，甚至能見到巨大的飛龍飛過。

「只要掌握好角度和光影，投影竟能做到這種地步嗎？」

雖然靠到近處後就能拆穿，但只要稍微隔個二十公分，這些幻想生物看起來就跟實際存在沒兩樣，配上耳機裡傳來的生物叫聲，讓人有種處於另一個世界的錯覺。

「是啊，兩位有享受到嗎？」

司馬焰伸出手，一隻金光閃閃的鳳凰就這樣飛來，停在她的手上。

「我們用引以為傲的『全息投影』，讓進來的客人有種身在異世界的感覺。」

我偷偷觀察身旁撐著陽傘的陌羽，雖然看起來和平常一樣，但她大大的雙眼靈活地轉動，彷彿是想將身邊的景象留在記憶中。

我不禁露出笑容。

光是有讓陌羽享受到，司馬封這個委託就值得了。

「為什麼我在進來前，會跟莫先生說『盲』絕對不可能躲在平樂園中，這些虛擬影像就是最大的原因了。」

司馬焰指著路旁的一個紅色矮磚房說道：

「這是『中控室』，裡頭有一個儀器，名為『活體偵測』。」

「活體偵測？」

「是的，顧名思義，就是可以『偵測樂園內活人數的儀器』。」

「竟然有這種儀器……」

「這就跟停車場可以偵測還有多少停車位有點像吧，這儀器跟遊樂園內的監視器連動，可以探測活人的心跳和體溫什麼的，藉此把遊樂園的活人總數顯現出來。」

「特地設定這樣的儀器，是因為——」

「因為怕出意外吧。」

我身旁的陌羽突然接了話。

我和司馬焰驚訝地看向她。

「……」

她像是發現自己失言一般將陽傘稍稍拉低，遮住了自己的臉。

看來樂園的歡樂氣氛讓她一不小心鬆懈了些，連擺出冷冰冰的樣子都忘了。

我不禁露出微笑。

司馬焰雖也看在眼中，但她裝作什麼都沒發生似的繼續說道：「陌小姐說得對，因為樂園中充斥著許多擬真的虛擬影像，要是被這些影像干擾，一不小心將人忘在裡頭就關園，不就很容易出意外嗎？所以才特地設置了這樣的儀器。」

「難怪妳會說『盲』不可能偷偷混進來。」

「是的，假設『活體偵測』上的數字本來是『0』，在『盲』闖入的那刻，數字就會馬上跳成『1』。也就是說，他不可能偷偷躲在裡頭，因為只要一看數字就能知道平樂園的總人數有幾人。」

「嗯……」

「『盲』已經預告了，依照先例他一定會在今天來這座樂園。現在園內人數那麼少，我們又把入口封了起來，等到他一現身，我們就能馬上將他抓起來。」

真有這麼輕易就能抓到「盲」嗎？

我對此抱持疑問。

說到底，「盲」來這座樂園的目的又是什麼？

他想殺了在遊樂園中的誰嗎？還是來尋找這裡頭的某樣東西？

但不管他想做什麼，都不可能直接這樣闖進來。

身為心理盲點專家的他，究竟會怎麼做呢？

「果然……」

還是只能化身成司馬焰或是司馬霜嗎？

「莫先生。」

思考到一半的我，被前方的司馬焰打斷。

「雖然抓到『盲』很重要，但也別錯過美景喔。」

「……妳說得對。」

接下來的路程，我們一行三人一邊欣賞全息投影的美景一邊行走，不再言語。

約莫十分鐘後，我們來到一棟圓形的建築物前。

這棟建築物大約跟學校的體育館差不多大小，有如歌劇院一般的外觀就和平樂園一樣，恍若把平樂園等比例縮小後擺在此處。

「歡迎兩位來到故事的『起點』。」

司馬焰向我們行了一禮。

「接著，就讓我帶領兩位走入平樂園的旅程中。」

此時的我和陌羽還不知道。

我和她早就掉入了「盲」的表演中。

他巧妙地掌握了人類的心理盲點，躲藏在我們的意識之外。

要是有先發現這事，或許我就能及早防範。

——或許我就能防止陌羽成為殺人凶手了。

❖ ❖ ❖

我們三人進到建築物後，入口自動關了起來，並從內側發出上鎖的聲音。

一股濃厚的黑暗籠罩住我們，讓我們伸手不見五指。

「兩位貴賓小心，從現在開始要注意腳下。」

司馬焰身上的衣服發出淡淡的光芒，成為黑暗中的唯一可見源。

「接著，請兩位跟隨我的引導移動。」

我一邊跟著她一邊問道：「小焰……這裡究竟是？」

「這裡是故事的『起點』喔。」

隨著司馬焰在黑暗中的笑容綻放。

顯示著司馬霜影像的虛擬螢幕再度出現。

「許久許久以前，兩位勇者踏入了平行世界。」

司馬霜酷似旁白的平穩聲音從耳機傳入我們耳中。

「兩位勇者跟隨著引導人，緩緩步入新的王國。」

一股光亮緩緩地從黑暗房間中央擴散、點亮。

下一瞬間——

我和陌羽突然身處在華麗的王宮中。

「喔喔——！」我不禁驚嘆。

這個全息投影的演出非常有效果。

我和陌羽被大量穿著中世紀服裝的人包圍，至於我們的正前方則出現了一個高臺，高臺上有兩張華麗的王座。

原來如此，故事的「起點」是這個意思啊。

為了讓我和陌羽進入設定中，進而開始享受投影所帶來的效果和情節。

看來這棟建築物是用來做大型演出的設施，難怪一開始進來時要這麼神祕，而裡頭又是如此黑暗了。

「王國的王位虛懸已久，不斷的內亂使得王國瀕臨毀滅。」

不知何時，司馬霜和司馬焰都消失了，僅留下耳機中的聲音。

「此時，異世界的兩位勇者來到了此處。」

周遭的人開始歡呼！

巨大的聲響包圍住我們，大到甚至連地板都起了震動！

「現在，就是王即位的時刻了！」

隨著司馬霜的這句旁白，所有圍觀的人再度舉手大聲歡呼。

不管再怎麼等待，都沒有進一步的指示。

我和陌羽互看了一眼後，同時點點頭。

既然不知道「盲」如今究竟躲在何處，那就先順著情勢走吧。

我們肩並著肩，踏上了高臺的階梯，走到王位坐下。

就在我們坐到位子中的那刻，底下再度爆出了歡呼！

「吾王萬歲！」

隨著司馬霜的這聲大喊，大量的乾冰從高臺處噴了出來。

「吾王萬歲、萬歲萬萬歲！」

看著底下那震天的聲勢，陌羽露出了淺淺的微笑。

對總是關在家中的她，這是難得一見的情景和體驗吧。

今天能帶她來這邊，真的是太好了。

「陌羽。」

「嗯？」

聽到我的叫喚後，陌羽轉過頭來。

「若是可以的話，之後——」

我收起笑容，以再認真不過的語氣說道：

「之後我們兩個人再來這座樂園一次吧。」

「……」

大概是很意外我會這麼說吧，陌羽看著我，小小的嘴巴因為驚訝而微張。

「我、我……」

她那有如水晶般的透明雙眼看著我，欲言又止。

然後，她咬著下嘴脣，漂亮的眉頭皺了起來。

那副痛苦的表情，彷彿是在忍耐什麼。

「抱歉……」她低下頭，以細小的聲音說道：「抱歉，莫向陽，我——」

「我才該說抱歉呢。」

雖然我的笑容一如往常，但我不自覺地握起拳來。

「因為我剛剛是開玩笑的。」

我一邊這麼說，一邊轉開頭。

這樣的靠近，似乎讓她為難了。

而看到她的為難，我也同時受傷了。

「……我真是傻瓜。」

就算這邊的世界再怎麼奇幻，但那畢竟是假的影像。

並不會因為這樣的虛偽，就讓我們兩個之間的關係改變。

我們永遠會像現在這樣，待在彼此身旁，誰都不敢碰觸誰。

乾冰的白煙越來越多，逐漸填滿了我們的視野。

這樣也好，要是能遮蔽住我的臉龐，我就不用再這麼努力擺出一切都無所謂的笑容——

「好冷……」

此時，我身旁的陌羽突然說了這句話。

沉浸在自己心情中的我猛然驚醒。

這個地方好像不太對勁。

氣溫突然下降，現在給我的體感溫度已逼近零度。

「小焰！小焰！」

不知從什麼時候開始，底下的歡呼聲和穿著中世紀服飾的人都不見了。

這是演出的一部分嗎？

我試圖從司馬焰那邊確認，但不管怎麼呼喊，她都沒有回答我。

底下的白霧越來越濃，將高臺下方完全蓋住。

「真的……好冷……」

陌羽抱著自己的身體不斷發抖。

越來越低的溫度，讓她說話時吐出的氣息都成了一片白霧。

「陌羽，我們先離開這邊——」

我想要從王座中站起身，但不知為何全身上下一點力氣都沒有，眼前的視野也開始晃動。

手指處傳來些許麻痺感，我低頭一看，這才發現不知何時，我的指尖上頭已插上一根銀針。

「毒針？」

我轉頭一看，這才發現陌羽的掌心處也插著和我一樣的銀針。

可能是溫度太低，使得我們的觸感變得遲緩，直到毒素生效後，我們才發現了這根針。

什麼時候中的招？

是誰對我們做這件事的？

這還用說嗎？這樣的人選只有一個人有可能——

除了她之外，不可能有其他人有機會暗算我們。

「小焰……」

一定是她趁我們不注意時偷襲我們的。

濃厚的睡意像海浪一般淹沒我的思考，我感到眼前越來越暗、越來越暗……

身旁的陌羽癱坐在王座中，頭歪一邊的模樣就像是失去了意識。

「陌羽……」

我努力伸出手去，想要碰到身旁的她。

仔細想想，除了被她殺害的瞬間，我似乎都沒跟她有過身體接觸。

真是諷刺啊，明明對其他女生都可以輕易出手的。

如果這就是我們的末路……

「那麼……我還真想在最後……」

抱一次妳啊……

努力延伸的手在要碰觸到的那瞬間失去了力氣。

最終，我還是什麼都沒有抓取到。

抱著深深的遺憾，我閉上了雙眼。

chapter 03

不用凶手的殺人法

陌雪有著白色的長髮，那頭直順的白髮，會讓人在看到時聯想到初雪覆蓋的地平線。

配上她常穿在身上的白色連衣裙，使得陌雪整個人就像名字一般純白無垢。

「在把你撿回來的那刻，我就決定將你取作『莫向陽』了。」

盤腿坐在窗臺上的初代殺人偵探，豎起手指說道：

「雖然字不同，但莫跟『陌』同音，這隱含了你是我們家之人的意義。」

「那後面的『向陽』呢？」

「『莫向陽』──若單看字詞含義，指的是『不要面向太陽』。」

「……妳是要我一輩子活在陰暗中嗎？」

「不是這個意思，我只是希望你不要成為正義的那方。」陌羽歪著頭，露出微笑，

「因為若是你成為太陽，我這片雪不就會被你融化嗎？」

「這不過是名字而已吧？」

「名字很重要的，比方說我女兒陌羽吧。」

陌雪指著牆壁外的另一側。

「我至今為止沒和她碰過面，做為母親，我從沒給過她什麼，但她的名字由我所取，這或許是我這輩子唯一能給予她的事物。」

「那麼，為何會給她『羽』這個名字呢？」

「我希望她能自由飛翔，不被我們家族的血緣給束縛。」

窗外的陽光照了進來，將陌雪的臉龐映得一片雪亮。

「我希望她能盡情的歡笑、生氣、難過。」

那無疑的——是一個母親的表情。

「我希望她能普通地愛上他人。」

看著那麼純淨的笑容，十五歲的我再度說不出話。

很難相信陌雪是個二十多歲的女子。

因為就連小孩子，都不一定能露出這樣純真的笑容。

「我會幫助她做到這件事的，雪姊姊。」我向眼前的她說道：「我會待在她身邊，讓她綻放出屬於自己的感情，不因為過度壓抑而成為一個人偶。」

「嗯，交給你了。」

「我會、我會——」

看著眼前閃閃發亮的陌雪，我壓抑心底深處的情感——同時也將情感藉著言語宣洩出來。

「我會讓陌羽愛上他人的。」

即使，那個人不是我也沒關係。

這是我和陌雪最初也是最終的約定。

因為就在立下約定之後的幾天，陌雪死了。

❖ ❖ ❖

我從回憶中緩緩睜開眼。

「嗚……」

因為毒針的關係，我感到有些頭暈目眩。

「咦……？怎麼回事？」

什麼事……都沒發生？

我拔掉指頭上的銀針，環顧四周。

陌羽嬌小的身軀整個陷在寬大的王座中，看來還沒從沉睡中醒來。

不管是我和她的身體都沒有異狀。

看來那根毒針上頭，應該只是塗了麻醉劑或是安眠藥之類的東西。

「真是古怪……」

在我們昏迷的期間，這棟建築物的燈亮了起來。

有光源後我才發現，我們所在的內部是一大片四方形空間，可能是為了不要干擾全息投影，除了高臺和上頭的兩張王座外，裡頭什麼都沒有。

「小焰到底是為了什麼，要將我和陌羽迷昏……咦？」

我話說到一半就說不下去了。

因為我看到一個讓我倒抽一口氣的情景。

——司馬焰倒在高臺下，看起來就像是死掉一般。

「小焰！」

我隨手將纏人的耳機拔掉，跑下高臺扶起了倒在地上的她。

「妳怎麼了？妳身體還好嗎？」

司馬焰雙眼緊閉，就像是時間停止在她死前的那刻，她雙手抓著喉嚨，表情非常痛苦。

我探了探她的鼻息和心跳——

「全部……都停了？」

司馬焰的身體非常冰冷，彷彿死去多時，一看就知道急救也來不及了。

我的腦子登時陷入混亂。

怎麼會這樣？

司馬焰死了？

我本以為是她用毒針偷襲我們，但她竟然死了？

「而且——」

我再度環顧四周。

室內空間雖大，但因為空無一物的關係，當「全息投影」解除後，一眼就能望盡。

除了進來的入口外，並沒有其他出入口。

我放下懷中的司馬焰，以最快的速度衝到入口處。

鎖是從裡頭上的，也只能從裡頭開關，並沒有任何從外頭破壞或打開的痕跡。

「怎麼可能？」

不管看幾次都一樣，這個空間中，只有我、陌羽，還有司馬焰的屍體。

「這、這……」

我感到喉嚨乾渴，心跳加速。

若依照這情況看——

不就像是我或陌羽其中一人，殺了司馬焰嗎？

❖ ❖ ❖

在陌羽還沉睡的當下，我撥了電話給司馬封。

「說明狀況。」

司馬封從電話另一頭傳來的聲音非常低沉，光是聽到都讓人感到害怕。

「快點跟我說，我的妹妹——司馬焰是怎麼死的？」

得知自己的親人死去，一般人通常都會先不可置信，接著大哭大鬧甚至是憤怒崩潰。

然而司馬封完全沒有。

當聽聞死訊，看完我傳給他的照片後，他馬上就抽起了菸，進入了工作模式。

「司馬焰死在名為『起點』的建築物中，死因和周遭狀況呢？快點說明。」

「……你真的沒問題嗎？」

「就算是自己的親人，也得捨棄一切感情，破案優先。」

司馬封的聲音微微顫抖，但他很快地就藉由吐煙的聲音蓋了過去。

「我是『特殊命案科』的警官，不管使用怎樣的法子，我都要破案。」

「嗯……」

直到此刻，我才總算能稍稍理解「特殊命案科」為何會擁有這麼大的權限了。

因為他們對破案這件事，有著非人的執著。

接下來的時間，我緩緩地敘述剛剛發生的事。

我們一行三人一同進入密室，然後我和陌羽被毒針刺倒。

等到我們醒來後，司馬焰就死了。

「你們昏倒多久？」

「不知道，無法確認。」

「我可以跟你們說，你們失去意識約莫十分鐘。」

「咦？你怎麼知道？」

「我在遊樂園的空拍機，有確實拍下你們進去『起點』的瞬間，當你撥電話給我時，正好是十分鐘後。」

「那麼，這十分鐘，你有拍到任何人走進這裡嗎？」

「沒有，就像你說的，在你們進去後，那裡就成了只有你們三個人的密室。」

「……」

「而且還不只如此，平樂園自從你和陌羽進入後，就再也沒人進出了。在樂園裡頭的嫌疑犯寥寥無幾，就算用刪去法，也幾乎可以確定嫌犯是誰。」

「這真的……太古怪了。」

在這十分鐘內，司馬焰死在了密室中，而那裡頭只有我和陌羽。

「依你看，我的妹妹死因是什麼？」

「沒有外傷，也不像是中毒，依照死狀來判斷——」

我看了看司馬焰的屍體，她雙手抓著喉嚨，看起來非常痛苦。

「我覺得應該是『窒息而死』。」

「既然死因如此，那就能肯定是他殺了。」

「嗯……」

「脖子上有掐痕或是勒痕嗎？」

聽到司馬封這麼問，我趕緊扳開司馬焰的雙手確認。

「都沒有……」

「那麼，司馬焰究竟是怎麼窒息而死的？」

「現在的我，對此還沒有頭緒。」

「你知道嗎？」

司馬封的聲音，變得越來越冰冷。

「要是再繼續這樣下去，我就只能將你和陌羽以殺人罪嫌逮捕。」

「等一下，我和陌羽並不是凶手──」

「每個殺人凶手，都是這麼說的。」司馬封打斷我的話後說道：「既然只有你和陌羽在裡頭，那就表示你們兩個其中一人是凶手。」

「等一下，還有另一個嫌疑犯啊。」

「誰？」

「司馬霜啊。」我著急地解釋道：「也有可能是她耍了什麼詭計，在『起點』的外頭殺了司馬焰啊。」

「空拍機監視著遊樂園的狀況，在剛才那段時間中，沒有任何人靠近『起點』。」

「但司馬霜失蹤了，從剛剛開始，不管我怎麼呼叫，她都沒有反應，這難道不可疑嗎？」

「所以你的意思是，司馬霜從遠處準確地讓司馬焰一個人窒息而死，但又避開你和陌羽，讓你們兩個沒事？」

「……」

這聽起來實在是一件極為困難的事。

「若是你們三人都窒息而死，那也就罷了，但偏偏你和陌羽沒事，這也讓你們的嫌疑比誰都大。」

「若未現身的司馬霜是『盲』所假扮而成的呢？」

我試圖減輕我和陌羽的嫌疑。

「『盲』應該可以想出一個驚人的計策，達到這樣的目的吧？而這也同時說明了為何直到現在，『盲』都沒出現，因為她早就化身成了司馬霜，躲在這座遊樂園中。」

「『盲』從不親自殺人。」

「我和陌羽也從沒殺過人。」

「但殺人偵探比誰都還接近殺人犯。」

「就算再接近，也不等於殺人犯。」

「殺人犯一定在遊樂園中，除了你們，沒有別的可能。」

一時之間，針鋒相對的我們氣氛劍拔弩張。

過了一會，司馬封冷漠地說道：「若你真的認為『盲』或是司馬霜是凶手，那就請你找出他們來。」

「我知道了……我會證明給你看的。」

「莫向陽，從現在起，我會搭機趕回國內。」

我彷彿可以看到電話另一頭，司馬封露出銳利無比的眼神。

「時間是三小時，要是在我抵達之前你都沒解開真相——

「我就逮捕你和陌羽。」

❖ ❖ ❖

司馬封為了證實他所說的話並非虛假，將空拍機拍下的影像還有觀看權分享到我的手機。

從現在起，我可以自由地操作空拍機，隨時從空中俯視整個遊樂園。

我試著從中調閱之前的舊資料，發現司馬封所說的確實是事實。我、陌羽和司馬焰三人進去「起點」後，就再也沒人靠近這棟建築物了。

這裡確實是不折不扣的密室。

陌羽醒來後，我將至今為止的發展都跟她說了。

她低垂著頭，讓滑順的瀏海化作陰影落在臉上。

要是不仔細看，會誤以為靜靜思考的她就像一尊精緻的人偶。

「莫向陽。」過了不知多久，她抬起頭來看著我問道：「你是『盲』變裝而成的嗎？」

「這怎麼可能。」我搖搖手，「無論再厲害的化妝術，都不可能變成我這麼成熟穩重又帥氣的模樣吧——」

「謝謝。」陌羽淡淡地打斷我的話，「說得出那麼無可救藥的回答，你顯然是本人沒錯。」

「嗯……」

雖然被認同了，但心中一點歡喜的感覺都沒有是怎麼回事。

「當然，我也不是『盲』。」陌羽指著自己說道：「你要碰一下，確認看看我的真實身分嗎——」

「——沒問題。」

我站起身來，拉了拉手上的黑色絲綢手套。

「我一定會好好檢查，不放過妳身上任何一個角落的。」

「……抱歉，還是算了。」

陌羽輕皺眉頭，拉開了和我之間的距離。

從她那厭惡的樣子，也能很明顯地看出她是本人。

「不過說真的，打從一開始就可以跳過這些確認的程序。」我輕嘆口氣：「『盲』若是化身成妳，我也有自信能一眼看穿。」

「為什麼？」

「我可是一直都在看著妳啊。」

「……」

「這十年來，我都在妳身邊，怎麼可能會不知道妳被替換掉呢——」

「總之。」

像是畏懼讓我繼續說下去，陌羽硬生生地打斷我的話。

「既然我們兩個都不是『盲』，那要解開司馬焰的死亡之謎，就以『我們都不是犯人』這個前提進行思考吧。」

「嗯。」

「死者為司馬焰，死因是窒息的他殺，死亡現場是名為『起點』的密室，然後除她之外的嫌犯，只有我和你。」

「但我們都沒殺人。」

「可是司馬焰死了。」

「有人被殺，而在場的無人是凶手，這怎麼想都不可能。」

我們一同陷入沉思。

密室、全息投影、嫌疑犯人數、將我們刺昏的毒針、十分鐘內無人靠近這棟建築物。

依照現有的線索，把不可能的選項去掉。

既然我和陌羽都不可能殺人。

那麼，唯一有可能的答案就是——

「莫非……」

我和陌羽同聲說道：

「這房間中其實有『第四個人』存在？」

當這個新可能性提出的那刻，我們開始環顧四周。

雖看似空無一物，但這有可能不過是假象。

「陌羽，妳負責這房間的左半邊，我負責右半邊。」

聽到我的指示後，陌羽點了點頭。

我們站在房間的兩端，不斷迂迴往中央靠近。

「這座遊樂園有著『全息投影』的技術。」

我一邊仔細看著前方、一邊說道：

「所以在我們三人進來前，這邊就躲著殺了司馬焰的第四個人——也就是『凶手』。」

「他巧妙地隱藏在那些中世紀的人群影像中，因為被『全息投影』覆蓋的關係，我們無法察覺到他其實就在那邊。」

陌羽一邊走一邊用收起的黑色陽傘不斷朝前輕輕突刺。

老實說這模樣有點可愛，讓我差點想要拿手機拍下來。

「雖然近看會發現影像有誤，但只要隔一段距離，凶手藏在影像中的手法就無法被察覺。」

「『凶手』躲在影像中，用毒針刺倒了我們，接著使用了某種手法讓司馬焰窒息而死。」

「既然直到此時，這裡的出入口都沒有使用，那就表示——『凶手還在此處』。」

這是個大膽無比的策略。

利用「全息投影」，「凶手」從頭到尾都在我們身邊。

他打從一開始就躲在「起點」中，直到此刻為止都沒離開過。

雖然現在這裡什麼都沒有，但說不定「這一片空白」本身就是影像。

「我總算知道『盲』為何要挑這座樂園出沒了。」

這裡遍布幾可亂真的影像，可以很容易地製造出人類視覺和心理上的盲點。

會不會他其實藉著影像混了進來，但誰都沒發覺呢？

不對，這裡的中控室有「活體偵測」啊？既然樂園內的活人數目可以透過這儀器偵測出來，那麼只要一看那個，就能知道「盲」有沒有混進來。

「在平樂園中活動時，我們最好不要輕易相信眼前的事物比較好。」

「說得沒錯。」

我點點頭同意陌羽的話。

「但現在既然已經發現了真相，只要仔細搜索這裡每一寸空間，我們應該就能發現『凶手』的蹤跡才對——咦？」

就在我這麼說時，我和陌羽在房間的正中央碰了頭。

我們細細地走過每一處角落，卻一無所獲。

「……會不會是我們有什麼地方忽略了？」

「再走一次吧。」

於是，我和陌羽再度搜尋這個房間，這次注意得更仔細了。

但不管試幾次，結果都是一樣的。

除了司馬焰的屍體以及我和陌羽外，這裡沒有躲藏任何人了。

令人不可置信的結論出現在我和陌羽面前——

這裡根本就沒有第四個人。

事情再度回到絕望的原點。

凶手，只有可能是我和陌羽其中一人。

❖ ❖ ❖

離司馬封到來的時間，剩下兩個半小時。

我抱著希望用手機察看空拍機，卻沒注意到什麼值得一說的事情。

不管再怎麼思考，我都無法想透司馬焰的死亡之謎。

看來，莫向陽的時間又結束了。

從現在起，是殺人偵探助手的時間。

我拿出黑色名片盒，吞下裡頭的藍色藥錠。

「D95」的藥效緩緩發作，我感到自己的意識漸漸變得稀薄，體內的血流逐步加速，身體也越來越熱。

陌羽伸手入懷，打算掏出小刀，我豎起手掌阻止了她。

「陌羽，妳暫時不用進入『狀態』沒關係。」

「不需要『凶手』嗎？」

「因為我這次不是要化身成司馬焰。」

我們一貫的破案方式，是陌羽成為「凶手」，將我這個「被害人」殺掉。

但這次跟張藍那次不同，我沒有司馬焰的資料，對她也不夠瞭解。

資訊量不足，也就意味著我可以消化的糧食不夠。

我無法模擬、重現被害人的思考。

「那怎麼辦？」陌羽問道。

「這裡還有別的被害人吧？」

「誰？」

「我和妳啊。」

這樣就不用資料了。

不管是陌羽還是莫向陽，都是我再熟悉不過的人。

只要化身成過去的我們，重現犯案前的狀況，我或許就能發現些什麼。

「我……」

閉上雙眼，我深吸一口氣道：

「我是陌羽。」

「………」

聽到我這麼說，陌羽瞬間露出想死的眼神。

「我自幼父母雙亡。孤獨缺愛。」

努力將眼神放空，我望著遠方，以毫無抑揚頓挫的語氣說：

「自詡為悲劇女主角，我感到今天的風兒不斷喧囂——痛！」

陌羽突然用陽傘敲了我的頭一下。

「……在你眼中，我是這副模樣嗎？」

「我化身凶手、成為凶手——」

我用手指比了個YA，橫在眼前說道：

「我是最擅長殺人的美少女偵探，耶。」

「……去死。」

陌羽拚了命地用陽傘朝我揮擊，吃了「D95」的我輕鬆地閃過。

我一邊欣賞她微鼓著臉頰的模樣，一邊說道：

「總之，半認真的玩笑話還是擺到一旁吧。」

「剛剛的話竟然有一半是認真的？」

陌羽輕咬著下嘴唇，似乎有些在意哪部分是真的。

不過，既已達成捉弄她的目的，我也就不再管她。

「既然要化身成被害人，我還是扮演自己有效率些。」

再度深吸一口氣，我緩緩睜開了眼。

將自我的意識拔除，將過去的自己裝進身體中。

宛如時光倒流，半小時前的情景重現在我面前。

我走到「起點」的入口處，開始複製過往的行動——

跟著前方的司馬焰，我和陌羽走入「起點」中。

身為旁白的司馬霜開始述說故事。

所有中世紀的影像一一歡呼。

於是，我們兩人登上高臺，坐入王座——

「嗯？」

重回王座的我，注意到了扶手上有著異樣。

我抬起手來，發現掌心中不知何時插了一根新的銀針。

本來上頭塗的安眠藥跟麻醉藥應該要生效，再度讓我睡著的。

但服用「D95」的我，此時就像吃了興奮劑一般亢奮，所以銀針上塗的藥完全沒生效。

「原來如此……是自動機關啊。」

為了印證我的想法是否正確，我起身後再度坐下，王座的扶手處在隔了幾秒後冒出了針頭。

看來只要有人坐到王座中，就會觸動機關。

也就是說……

「並不是誰向我和陌羽發射針頭的嗎？」

我和陌羽互看了一眼，同時點點頭。

這個發現，讓我們感到正逐漸往真正的事實靠近。

我閉上眼，再度沉入過去的想像中。

我和陌羽逐漸失去意識。

無數的乾冰冒出，籠罩了高臺下的一切。

那時，氣溫驟降，我們覺得好冷、好冷……

等到我們醒來後，司馬焰已在高臺下死亡。

她的屍體很冰冷，雙手抓著脖子的她，面露痛苦之色。

看起來就像是窒息而死——

「莫向陽。」

陌羽的聲音，將我從過去的模擬中拉了出來。

「出來吧，我已經知道一切了。」

❖ ❖ ❖

「解開司馬焰的死亡之謎了嗎？」

司馬封的聲音，從手機中傳來。

「這起案件，本身就是個騙局。」

陌羽同時對著手機中的司馬封和我說明狀況。

「打從一開始，凶手就不在『起點』裡頭。」

「怎麼說？」司馬封吐了一口煙。

「若不是一開始就靠著全息投影躲在裡頭，可能性就只剩下一個——他根本就不在裡面。」

「假如凶手不在『起點』裡，他是怎麼讓司馬焰窒息而死的？」

陌羽伸起兩根手指，捻起了剛剛刺入我們手中的銀針。

「就跟毒針一樣，用的是無人的自動機關。」

「這怎麼可能。哪個自動機關那麼厲害，可以避開你們，只讓司馬焰窒息而死？」

「不，就是因為避開我們，這手法才容易識破。」

我接上陌羽的話，對司馬封解釋道：

「提示其實有很多個：『高臺』、『從未打開過的密室』、『大量的乾冰』、『極速下降的室溫』、『只有高臺下方的司馬焰窒息而死』。」

「原來如此啊……」

聽到此處，司馬封馬上就得到了結論。

「若是用這樣的手法，凶手不管在哪裡，都可以執行這項殺人手法。」

「是的，因為殺了司馬焰，使其窒息的——」

我緩緩說出了最後的結論。

「——正是那些『乾冰』啊。」

乾冰就是固體的二氧化碳。

凶手將遠超標準量的乾冰設置好，並配合故事演出釋放。

大量的乾冰汽化，帶走了大量的熱量，使得室內的溫度大幅下降。

「而且，二氧化碳比空氣還重。」

「起點」是完全的密室。

從底層處，高濃度的二氧化碳不斷向上積累。

這感覺就像是朝空的水槽中，不斷灌入名為「二氧化碳」的水。

只要等到二氧化碳灌到超過人的高度後，就會使人窒息而死。

「我跟陌羽沒死，是因為我們處在高臺上，位置比那些二氧化碳都高，但下方的司馬焰就沒那麼幸運了，她被高濃度的二氧化碳籠罩，不管怎麼吸都吸不到氧氣。」

凶手的計策非常巧妙。

殺人手法完全由自動機關組成，只要順著「起點」中的故事發展，就會自然發生。留下我和陌羽，是為了讓我們成為殺人嫌疑犯。

「凶手熟知『起點』的機關和故事設定，在司馬焰死後，有可能的凶手人選僅有一人——」

雖然司馬封不在面前，但我仍指向前方宣布道：

「那就是司馬焰的雙胞胎姊姊——司馬霜。」

聽到我這麼說，司馬封陷入沉默。

也難怪他會如此了。

雖然不知道動機，但他的兩個妹妹，一個死了，一個則是殺人嫌疑犯。

若我是他的話，一定會被深深地打擊，甚至再也振作不起來，也是有可能的事——

「不對，這個推理有問題。」

司馬封突然發言，打斷我的思考。

「怎麼會，不可能有其他可能性了。」

「那麼我問你，感到呼吸困難的瞬間，為什麼司馬焰沒有跑上高臺？」

聽到這個質問，我和陌羽互看一眼，同時默然。

想了一會後，我提出假設：「或許她也中了像銀針一樣的自動機關，喪失了意識——」

「在她的屍體上，有找到這樣的銀針或是受傷的痕跡嗎？」

「沒有……」

「而且，你們所在的『起點』有一個學校體育館那麼大吧？二氧化碳殺人法乍聽之下很合理，但是真要達成『充滿底層』的效果，得要準備幾噸的乾冰啊？就算真的準備那麼多乾冰，也得花上大量時間噴發，更別說乾冰汽化後帶走的熱量，說不定都足以將你們凍死了。」

「……你說得對。」

「而且，就算是密室，這麼大型的建築物，一定會留下通風孔和縫隙，二氧化碳除非極大量的全方位噴發，要不然是累積不起來的。你剛才說的殺人手法，只適用在小坪數的密閉房間中。」

「但是、再也沒其他可能性了——」

「有啊。」

「那就是你們兩個其中之一是凶手。」

我彷彿看到司馬封用燃著火的菸指向我和陌羽兩人。

「…………」

事情再度回到原點。

但這次我再也沒有辯解的藉口。

「殺人偵探。」

取得全面勝利的司馬封轉而叫了一聲陌羽。

「這種辦案方式，還真不像妳。」

「……怎麼說？」

「殺人偵探從不分析狀況、從不邏輯推演，也從不曾思考案件的前因後果——這不是妳說過的話嗎？」

「……」

「妳只會殺人——只會用重現案件真相辦案。」

「我——」

「是什麼改變了妳？為何妳捨棄了身上的殺人衝動，像個正常偵探一樣分析案情？」司馬封冷冷說道：「妳是不是有了期待呢？明明知道不可能，但妳依然期待自己能像個正常人一樣思考、行動？」

聽到司馬封這麼說，陌羽咬著嘴脣，像是受了傷似的垂下眉眼。

「等一下！司馬封，你這樣說也太過分了吧？」我憤憤不平地大聲說道。

「我那裡說錯了？」司馬封將矛頭轉向我，「真要說的話，莫向陽你也一樣。」

「我怎麼了？」

「你的分析和推理能力不下於我，剛剛我說的那些破綻，你應該自己就能想到，但為何你刻意忽略了那些，就這樣把破綻百出的想像當作最後真相？」

「我只是一時疏忽——」

「不，你是刻意疏忽。」司馬封毫不留情地說：「你只是想快點幫陌羽擺脫罪嫌而已。」

「…………」

「『陌羽被殺人衝動支配，然後在你睡著時殺了司馬焰』——為什麼你從沒考慮過這個更有可能的選項？」

「因為陌羽不會這麼做。」

「這只是你一廂情願而已，陌羽本人自己都不敢肯定她沒有這麼做吧。」

我轉頭望向身旁的陌羽，她有些不甘地握拳，卻一句反駁都沒說。

就像為了保護這樣的她，我繼續說道：

「我再說一次，陌羽不可能殺人。」

「至今為止她不是殺過很多次了嗎？」

「那都是為了破案，她絕對不會毫無理由地就殺人。」

「被私情蒙蔽的你，已經連理智思考都做不到了嗎？」

「……被私情蒙蔽又有什麼不好。」

「嗯？」

「我有私情，是因為我是有血有肉的人，跟你這個冷血動物不一樣！」

「我不會自己妹妹死了，還一點感覺都沒有。」

我抬起頭來，對著電話大喊：

「你錯了，就因為是自己妹妹，我才不能接受虛假的真相——」

司馬封以我從沒聽過的冷酷嗓音說道：

「我才會像這樣扼殺自己的情感，想要第一時間抓出真凶。」

「所以，你才一心想將我和陌羽定為真凶嗎？」

「因為這是唯一有可能的選項了。」

「那麼，等到我抓出真凶，你必須跟我道歉。」

「若你們其中一人就是真凶，我一定親手殺了你們。」

司馬封對我吐出像是威脅的結論。

「聽好了，離我到平樂園的時間，還剩兩個小時。」

說罷，他將電話切斷。

「啊〜〜這個腦袋跟石頭一樣硬的混蛋警察！」

我拿著手機，一邊跺腳一邊大罵。

看著這樣的我，陌羽有些訝異地說道：

「我還是第一次看到這樣呢。」

「哪樣？」

「莫向陽你因為某個人而這麼牽動情緒。」

「不管是誰遇到混蛋都會發怒，這就跟太陽從東邊升起一樣，是再理所當然不過的事。」

「嗯……果然很稀奇呢，竟然這麼容易就能看出你討厭司馬封這個人。」

「總之先不提那傢伙的事。」

陌羽的話讓我冷靜了下來。

或許是因為D95的藥效還沒過，讓我一時之間激動了起來。

但為了待在陌羽身邊不被殺死，我可不能像這樣被輕易看穿。

「這個『起點』已經沒有解開真相的素材了，我們還是快離開吧。」

「接著我們要去哪裡？」

「去『中控室』。」

那裡有「活體偵測」，也有遊樂園中的監視器影像，只要確認那些資料，我就能找出司馬霜藏在哪，也能找出殺了司馬焰的凶手是誰。

抱持著這樣的期待，我和陌羽緩緩打開「起點」的入口，準備往「中控室」前進——

「咦？」

就在打開門的瞬間，一個出乎我們意料的景象呈現在面前。

只見一個和司馬焰長得一模一樣、綁著雙馬尾的高瘦女孩，站在「起點」入口處，露出淺淺的微笑。

我們遍尋不著的司馬霜，就這樣輕易出現了。

chapter 04 雙胞胎與消失的頭

「妳是……司馬霜？」

聽到我這麼問，眼前的司馬霜點點頭。

「是妳殺死司馬焰了嗎？」

搖頭。

「妳究竟用什麼方法殺了她的？」

「…………」

「為什麼從剛剛開始，妳就一言不發，請妳好好回答我的問題——」

——聽到我這麼說的瞬間，司馬霜猛然轉身。

她以極快的速度落荒而逃。

「別想逃！」

我和陌羽從後方追了過去。

只要抓住她，我們一定能大幅逼近真相！

體內的D95尚未失效，我現在的視野非常寬廣，反應也遠比一般人迅速，所以我是不可能將她追丟的。

跟隨著她的腳步，我們不斷在樂園中東奔西跑，就像在玩捉迷藏。

「那麼，除了小焰和司馬霜外，現在這座遊樂園中還有其他人嗎？」

「沒有其他人了。」

我想起了司馬焰生前的話。

在她死之後，這座樂園只剩下三個人。

我和陌羽都不可能是凶手，所以司馬霜必定是真凶，而且極有可能她就是「盲」。

但是，我的心中依然有著疑慮。

讓特殊命案科這麼傷腦筋的人物，真會設計出如此易解的謎團嗎？

到底隱藏在其中的盲點在哪裡？他的目的又是什麼？

就在我左思右想之際，司馬霜的背影在轉過一個轉角後消失。

我跟著追過去後，發覺有左、右兩條岔路，追丟的司馬霜不知跑去哪條路了。

「陌羽，我走左邊，而妳去右邊——咦？」

可能是跑太快的關係，跟不上的陌羽已不在我身後。

現在只能靠我獨自一人想辦法了嗎？

我豎耳傾聽，因為藥效而放大的聽力，發現了左邊那條路傳來了些許聲響；於是，我往左邊跑過去。

但是——

「奇怪？」

我和司馬霜的距離，應該不遠才對。

但是不管怎麼追，都看不到她的背影。

我拿出懷中的手機，連上空拍機，察看遊樂園的全景。

這才發現司馬霜剛剛是跑到右邊的路了，我徹底走到了反方向。

「可惡……又是全息投影害的。」

遊樂園中充斥的影像和音效，讓我的判斷產生了混亂。

陌羽說得對，在這座遊樂園，最好不要相信眼前看到的事物比較好。

「既然如此……」

我盯著空拍機的即時影像，再度起步。

若是看著空拍畫面，就不會失誤了吧。

預測司馬霜之後要前往的地方，我繞到她的前方，將其逼到死路去。

最終，我成功了。

司馬霜被我堵在某個無人的巷道中。

「呼、呼……費了我好大功夫。」

D95的藥效已經消退了，副作用讓我的冷汗浸溼了西裝襯衫，眼前的視野也開始搖晃。

感到十分疲憊的我，推了推臉上的黑框眼鏡說道：

「妳已經無路可逃了。」

「…………」

司馬霜轉過身來，以那與司馬焰一模一樣的雙眼看著我。

「雖然我對美少女一向寬容，但被逼到絕境後，我想我也無法手下留情。」

我一邊露出邪惡的笑容，一邊靠近司馬霜。

「要是不希望我對妳做出大人才能做的懲罰，勸妳還是乖乖把事情的始末交代清楚——」

——司馬霜朝我嫣然一笑。

在此刻，我發現了不對勁。

眼前的她透出點虛幻，看起來一點都不像是真人。

「全息……影像？」

我低頭看向手機，空拍圖的部分，確實照出了司馬霜在巷中的身影。

也就是說，這個投影連空拍都能照出來嗎？

「我剛剛追的，一直都是幻影？」

司馬霜點了點頭，肯定我的話。

接著——

就像為了證實我的想法。

司馬霜的影像，毫無徵兆地變成了另一個人。

長長的白髮、白色的連衣裙，與陌羽極為相似的漂亮臉龐。

「陌雪……」

已經死去的陌雪站在我面前，露出了純真的微笑。

雖然知道眼前的她不過是影像，但我仍看傻了眼。

──好久不見。

──好想看到妳。

──好想跟妳道歉。

充斥在心中的這些念頭，讓失去力氣的我不禁跪倒在陌雪面前。

陌雪張了張嘴，似乎想要說什麼，但是我一個字都聽不到。

這時我才想到，我將這座樂園的耳機留在「起點」處。

難怪司馬霜的影像從剛才開始就一言不發，因為就算她說了話，我也聽不到。

看著陌雪的純白笑容，我突然感到後悔。

要是有把耳機戴上就好了。

就算是假的，我也想聽聽她的聲音。

「──莫向陽。」

可能是渴望造就了幻覺，也可能是D95的副作用讓我產生了幻聽。

眼前的陌雪影像開始向我說起了話。

「──你的心意和話語，到底哪個是真？哪個是假？」

「──說到最後，我想你自己也不明白自己是怎樣的人吧？」

「──你謹守著與我的約定，呵護陌羽，讓她像個正常女孩一般有了嘻笑怒罵。」

邊。」

「——即使被殺害無數次，即使在生死關頭徘徊如此多回，你依然沒有逃離她身

「——但是，你究竟為何要這麼做？」

「因為、因為我喜歡陌羽。」

「——你追尋的真的是她嗎？」

「——你想陪伴的真的是她嗎？」

「——你想保護的人真的是她嗎？」

「是的。」

「——若真是如此，那你為什麼這麼多次想起我？」

「——你是不是也在對自己說謊呢？」

「——你之所以陪在陌羽身邊——」

「——是為了見到她身上的『陌雪』吧？」

眼前的陌雪露出笑容，從上方朝我伸出了手。

「……」

「——陌羽的身上有著陌雪的影子。」

「——隨著陌羽逐漸長大，你就會從她身上看到越來越多的陌雪。」

「——你從十年前，就愛上了陌雪吧？」

「我……我並沒有將陌羽當作陌雪的替代品。」

「——這是謊言？還是實話？」

「——莫向陽的心意，究竟指向何方呢？」

「——你愛的人，究竟是誰？」

我真心慶幸沒人看到這一切，沒人聽到這一切。

跪在陌雪身前的我，看起來既像表白也像懺悔。

我不想被任何人看穿——而那些人之中也包括了我。

我不想知道自己的真實想法，也不想知道自己的真實心意。

真是諷刺啊。

身為解開真相的偵探助手，卻一點都不想解決有關自己的真相。

陌雪的影像在我面前緩緩消失，而深受打擊的我跪坐在地上一動也不動，就像是失了魂一般。

「莫向陽！」

不知過了多久，我身後傳來了陌羽的喊叫！

「怎麼了？」我趕緊調整表情，換上平時的笑容回過頭問道：「發生什麼事了？」

「司馬焰……司馬焰的頭。」

平常表情總是淡漠的陌羽，難得露出驚慌的神情。

「司馬焰的頭不見了。」

❖ ❖ ❖

聽到陌羽這麼說，我趕緊和她衝回「起點」。

在奔跑過程中，陌羽一邊跑一邊向我說道：

「剛剛我跟在你們身後跑，但因為速度太慢的關係，一不小心就追丟了。」

「嗯。」

「我在遊樂園中到處尋找你們，卻發現『起點』處有了異狀。」

順著陌羽手指的方向，我看到一股黑色的濃煙直竄天空。

「『起點』不知為何起火燃燒了起來。」

「該死……」

原來那個司馬霜的影像，是為了將我和陌羽從「起點」引開嗎？

雖不知道凶手為何要這麼做，但想必一定有其理由。

「因為火勢太大，『起點』已無法進入，我從入口處張望，結果看到躺在地上的司馬焰屍體，她的肩膀上……她的頭部處變得空無一物。」

「被斬首了嗎？」

陌羽點了點頭。

砍掉已經死去的司馬焰的頭？這又是為了什麼？

謎團越來越多。

司馬焰的死亡之謎還未解開，新的異變又接著發生。

「……看來是沒救了。」

跑到「起點」後，我發現火勢已大到完全無法靠近。

雖無法親眼證實陌羽說的是否屬實，但我也沒必要懷疑她說謊。

就在我們呆呆站在大火前時，司馬封打了電話過來。

「喂！發生什麼事了！」

「……『起點』被燒掉了。」

「這個我知道，但現在不要管那個！」司馬封大喊：「另一個地方也燒起來了！」

「咦？」

聽到他說的話後，我開始環顧四周，結果發現另一股黑煙不知何時冒了出來，布滿另一邊的天空。

「一分鐘前的空拍機有拍到司馬霜走進去裡頭。」

司馬封朝我們大喊：

「要是你們再不過去，連司馬霜都要被燒死了！」

❖　❖　❖

異變不斷地發生，讓我和陌羽連喘口氣的時間都沒有。

我們以最快速度跑到了另一個燒起來的地方，結果發現這棟建築物長得和「起點」一模一樣，是只有一個出入口的圓形建築物。

「『終點』……？」

入口處掛的牌子，寫著這棟建築物的名字。

看來在「起點」接受故事設定後，遊客會一路冒險，在最終抵達此處。

「莫向陽，裡頭好像掛著什麼東西。」

陌羽指著「終點」的入口，從敞開的大門可以看到，有一個圓形的黑影掛在建築物內的中央處。

雖然「終點」正熊熊燃燒，但看起來還可以勉強進入。

「陌羽，妳在外頭等我一下。」

打開名片盒，我吃下第二顆D95。

用水將自己澆溼後，我摀著口鼻步入裡頭一片黑暗的「終點」。

放大的瞳孔捕捉著幾乎消逝的光線，讓我就算沒有光源輔助也能視物。

D95是殺人偵探助手用來辦案的必需品，它會讓你身體和反應變強，躲過陌羽最後破案的致命一擊。

但是它有副作用，藥效過後，會讓人疲倦、頭暈、思考能力下降。

我不是很想短時間內吃得過多，但現在為了解開謎團，證明我和陌羽的清白，也只能這麼做了。

撥開眼前的濃煙、閃過地上的火焰，我來到了「終點」的正中央。

呈現在我面前的，是殘酷到連飽經命案的我，都差點吐出來的情景。

一個綁著雙馬尾的人頭用繩子吊在「終點」正中央，然後失去頭部的屍體就躺在它的正下方。

——滴答、滴答。

血液不斷地從斷裂的人頭切面處滴下，濃厚的血腥味讓我不用靠近就知道這顆人頭是事實而非影像。

我將人頭轉到正面，發現那是張與司馬焰一模一樣的臉。

「司馬霜……也死了？」

怎麼可能？

這怎麼可能？

若是司馬焰和司馬霜都死了？那究竟誰會是凶手？

盲究竟變成了誰？

遊樂園已經沒有其他人了，難道真的是陌羽她——

「不對。」

我趕緊搖搖頭，將浮現在心中的想法甩開。

凶手一定是「盲」，一定是他。

要是連我都產生迷惘，那就真的沒救了。

這之中一定隱藏著什麼不可解的盲點和詭計。

「等一下……司馬焰和司馬霜是雙胞胎。」

遇到雙胞胎，就該想到調換身分的可能性。

「若『盲』就是凶手，那他為何要用這麼誇張的手法殺掉司馬霜？」

把頭砍下，吊在繩子上。

這種形式，就像是——

「為了展示給他人看……」

周遭的溫度越來越高，我體內的藥效也隨之越來越強。

身體和頭腦就像是要融化一般，但我依然緊握雙拳，拚命攪動腦汁思考。

「現在唯一能確定的事情是，這座遊樂園內，一定存在著凶手。」

所以，不可能司馬焰和司馬霜都死掉，一定有其中一人還活著。

那麼，他是怎麼藏起來的？

我雖無法像陌羽一般化身成凶手，但我畢竟看過許多命案。

仔細想想啊，若我就是「盲」，我要怎麼運用手上的素材，躲在人類的盲點中？

「——司馬焰的頭不見了。」

我想起陌羽剛剛說的話。

「對了……只要這麼做就好。」

我深吸一口氣，將人頭從繩子上卸下。

這個重量和觸感，可以肯定這不是影像。

——但這真的是司馬霜的頭嗎？

雙胞胎可以輕易地調換。

所以，事情應該是這樣的——

凶手趁我們被影像吸引的那刻，偷偷潛入「起點」中，將司馬焰的頭砍下來。

接著他用繩子將頭吊在「終點」，讓人一眼就能從入口處看見。

因為司馬霜和司馬焰長得一樣，所以在看到斷成兩截的屍體後，會第一瞬間以為司馬霜也死了。

但那不過是錯覺。

凶手不過是將「一具屍體變成兩具」而已。

他企圖用這種手法，讓我們誤以為他已經死了。

「若我的推測正確，底下的無頭屍體應該只是影像而已。」

司馬焰被帶走的只有頭。

但只要運用全息影像，就能補足缺少的那個部分──也就是無頭的軀體。

我蹲下身子，伸手觸摸底下的屍體。

「拜託，一定要是影像啊……」

只要是影像，就能肯定司馬霜是假死。

只要確定司馬霜還活著，我和陌羽的殺人嫌疑就不是百分之百。

「──你只是想快點幫陌羽擺脫罪嫌而已。」

「……閉嘴，司馬封。」

在無盡的大火中，我向腦內的司馬封說道。

陌羽比誰都還討厭殺人的自己。

為了不殺人，你知道她度過了多少孤獨的時光嗎？

凶手不是她，也不是我。

「凶手……一定是化身成司馬霜的『盲』。」

但是，當我觸碰到軀體的那刻，我失望了。

——徹底失望了。

底下的軀體也是實物。

「怎麼……會這樣啊……」

——轟隆一聲大響！

著火的碎石從天而降。

但這衝擊完全比不上我心中的震撼。

不死心的我將手上的頭安到軀幹上，結果發現斷面的傷口處緊密貼合，證明了頭跟軀幹是同一個人。

這個屍體……真的是司馬霜？

「不對，不可能！」

我背著不知是誰的屍體，衝出了火場。

絕對不可能兩個人都死了。

既然「終點」處的是實物，那就表示「起點」處的是影像。

案件還沒走到死路！

「還有一個可能性！」

我感到眼前的世界開始融化，扭曲成一塊。

衝出「終點」的我，無視叫著我的陌羽，朝「起點」直奔而去。

我將斷頭的屍體放在外頭，彷彿飛蛾撲火般衝入燃燒的「起點」中。

「我必須親眼確認另一具屍體！」

趁著D95還未失效，我必須冒險衝入火場！

橘紅色的火焰燃上了我的衣服，但我仍不斷往深處邁進。

再重新思考一次吧。

最重要的前提是：有一個凶手造成了這一切。

這座遊樂園只有四人：司馬焰、司馬霜、我和陌羽。

一開始時，司馬焰死了。

雖然不知道凶手是怎麼殺了她的，但司馬焰確實死了，變成一具屍體。

若是司馬霜還活著，那她一定會利用這具屍體和雙胞胎的優勢，佯裝自己已死的假象。

因為只要成功讓人誤以為司馬姊妹兩個都死亡，我跟陌羽其中一人就會成為凶手。

「屍體只有一具。」

既然「終點」的屍體完整，那就表示司馬焰並非只有頭，而是「整具屍體都從起點移到了終點處」。

那麼，陌羽看到的無頭屍體又是怎麼回事呢？

這可能性只有一個。

「那具無頭屍體……是假的！」

因為建築物起火燃燒的關係，陌羽無法進入「起點」。

她從外頭看到了司馬焰的頭消失不見。

但是，她並沒有靠近確認，也沒有伸手觸摸屍體。

「其實，那不過是具『無頭屍體的影像』！」

這是雙重詭計。

趁我們被「虛擬司馬霜」吸引離開時，凶手闖入「起點」，搬走整具屍身，並利用全息投影，弄出了「無頭屍體」的影像。

接著，他砍下司馬焰的頭，將其吊在「終點」中。

這一切為的是讓我誤以為他只移動了頭。

但其實他整具屍身都移動了。

「所以，這裡應該沒有任何屍身才對……」

屍體只有一具。

而那具屍體就放在外頭。

所以「起點」中不該有頭也不該有屍身，就算出現了，那也應該只是影像。

「嗚……」

高溫幾乎要烤乾我身上的水分，我感到嘴中連唾液都幾乎分泌不出來。

短短幾十公尺的路，就像幾公里那麼遠。

只要再幾步就好。

只要讓我抵達司馬焰原本屍體擺放的地方就好。

凶手應該不會預料到我會這麼亂來，連衝兩個火場。

所以，我必定能靠我的手掌握真相。

這次，陌羽可以像個普通女孩一樣在遊樂園中微笑。

她不用被當作殺人凶手。

她不用變成殺人偵探進行殺人。

「今天……可是我們第一次出門約會啊。」

我不想讓她留下難過的回憶。

所以──

拜託吧，讓我用莫向陽的身分破案就好。

「啊……」

當我走到「起點」的中央處，我終於找到了目標。

我的面前躺著一具無頭屍體。

而就是那麼巧的，凶猛燃燒的大火，讓投影的偽裝在此時失了效。

──司馬焰的頭，緩緩從脖子處出現。

無頭屍體在這瞬間，變回了完整的屍身。

我伸手碰了碰頭和屍身，結果發覺那都是真實存在的事物。

「哈哈……開什麼玩笑啊。」

就在此刻我明白了。

原來從頭到尾，都沒有人動過這具屍首。

只是剛好有投影將司馬焰的頭蓋掉，所以從遠方看，才會看起來像是頭被砍去的模樣。

「所有可能性，都被刪掉了……」

我使盡最後一分力氣，將司馬焰的屍首搬出火場。

但是絕望的現實仍沒有任何改變。

在幾乎失去所有力氣而跪倒在地的我面前，兩具屍體並排著。

一具是司馬焰窒息而死的屍體，一具是司馬霜被砍頭而死的屍體。

這之中沒有任何玩弄詭計的空間。

眼前的情景，只是單純地在說明一個再簡單不過的事實——

司馬焰和司馬霜都死了。

然後，我和陌羽成了這樂園中僅存的兩人。

「若循一般常理思考，我們兩個其中一人就是凶手呢。」

不知過了多久，陌羽淡漠的聲音從身後傳來。

「別再說這種話了……」我轉過頭去，勉強擠出笑容道：「我知道妳不會隨意殺人，我也是。」

「那麼司馬霜和司馬焰是怎麼死的？」

「或許是殺了一人後，另一個再自殺——」

「不管是自己將頭砍下，還是讓自己不帶傷痕的窒息，都是很困難的事吧？」

「那麼就是……對了，『盲』不是說要來嗎？或許是躲著我們都沒發現的第五個人——」

「不是從一開始就說了嗎？除了司馬姊妹外，園內就只有我和你。而且，趁你剛剛衝進火場中時，我去了一趟中控室。」

「中控室……有著『活體偵測』的那個地方嗎？」

「是的，它可以偵測園內的活人數量，你猜猜它此時顯示的數字是多少？」

「我不想猜……」

雖然，我心中大概知道陌羽要說什麼。

「二。」

陌羽面無表情地豎起兩根手指。

「上頭顯示著『二』，所以，已經沒有任何疑問了──

「這個遊樂園中除了我和你外，再也沒有其他人了。」

「……………」

「盲」到底躲在哪？

到底有什麼我們忽略的盲點？

除了我和陌羽其中一人殺了司馬姊妹這個真相外，再也沒別的可能性了嗎？

「莫向陽，到此為止了。」

陌羽從懷中掏出刀子。

「為了不讓我們兩人被司馬封逮捕或殺死，我必須進入『狀態』，解開真相。」

「最後……還是變成這樣了嗎？」

「是的，我是『凶手』，你是『被害人』，我們之間的關係永遠如此。」

「……」

「不管多久後的未來，我能做的事都不會變。」

陌羽抬起頭，臉上有一絲落寞。

「我唯一能做的，只有殺人。」

時間已進入黃昏，橘紅色的光芒照在陌羽身上，讓她就像是要消失一般。

我推了推眼鏡，盡量以輕快的語氣說道：

「別說這種話了，妳明明就從沒殺過人。」

「別再給我期待了。」

「……」

「我明明早就知道的，我永遠不可能跟個正常女孩子一樣生活。」

「在我眼中，妳不過是個普通至極的十六歲女孩。」

「今天來到這座遊樂園後，我也真的差點以為我是，但那不過是假象罷了。」

「那不是假象，妳的每個笑容都是真的。」

「莫向陽，你的哪句話是真、哪句話是假呢？」

「我對妳說出的話，每句都是實話。」

「這句就是不折不扣的謊言了。」

陌羽微微歪著頭，對我露出了像是在哭的淺淺微笑。

「抱歉，莫向陽，不管你是怎麼看我的，但我已徹底明白——

我只是個只會殺人的女孩。」

夕陽下，拿著刀的陌羽美得幾乎令人窒息。

我平常的伶牙利齒被這股美麗抹殺，一句話都說不出來。

「我永遠無法像個正常人一般擁有朋友、擁有家人。」

陌羽橫過刀子，往自己嘴邊靠近。

「我不該出遊、不該喜愛上什麼，不該擁有人生。」

她的聲音，微弱到幾乎無法聽見。

「我的身邊，不該站著任何人。」

她伸出小巧的舌頭，輕輕舔了一下刀鋒。

「所以，莫向陽，若是你不想被我殺掉——

就快點離開我身邊吧。」

終章

我遠離了逐漸進入狀態的「陌羽」。

這次是我當她助手以來，最危險的一次。

我已經吃了兩次D95，要是再吃第三次，我的身體會因為過度消耗而有生命危險。

所以，這次我必須在沒有D95的狀況下，逃過陌羽的追殺。

危險的還不只這點。

真正令我恐懼的，是這次被害人的死法。

這次的死法太危險了。

至於為何危險，則要說回我和陌羽的辦案方式。

我們兩個之間的合作形式，近似於「火車運行」。

靠著消化大量資料後所進行的模擬，我複製被害人生前的行動——這是「鋪設鐵軌」。

陌羽將死因和死狀記在心中，然後化身凶手盡力去達成這個結果——這是「設置終點站」。

進入「狀態」的陌羽就是火車，她被我這個虛擬被害人所引領，走在架好的道路上，一步步駛抵終點站。

——這就是我們重現命案的整個過程。

但是……

「這次的資料，嚴重不足。」

我對司馬焰和司馬霜幾乎一無所知，我無法靠著模擬變成被害人，重現他們過往的行為。

要是失去我架設的軌道，陌羽會如何呢？

那就是「脫軌運行」。

就算無法重現破案過程，她也會拚了命地尋找最像被害人的人，然後將其殺害。

幸運的是——也可以說不幸，這座遊樂園只有我，所以不用擔心她會找上他人。

而正如我所說的，終點站已經設置好了，就算沒有軌道，陌羽的運行依然會持續進行。

所以，我要遭遇的下場完全可以事前預知。

——陌羽會想盡辦法讓我窒息和斷頭。

「我這次也不會被殺掉的……」

緊握顫抖的拳頭，我將其抵在額頭處，努力說服自己。

不要害怕，做好自己該做的事，不要讓陌羽殺了我。

這次，因為無法吃下Ｄ９５和資料不足的關係，殺人偵探的助手已無法出場。

我只能趕在被殺之前，運用「莫向陽」的思考突破難關。

現在的情況，已經是個單純的時限遊戲了。

不是陌羽先殺了我，就是我先解開真相。

為了逃過陌羽的追殺——也為了更接近案件真相，我必須先到一個地方才行。

抬起頭來，我看著眼前的紅磚建築物。

拖著疲憊不堪、傷痕累累的身體，我來到了這座遊樂園的中控室。

幾乎占據整個房間的電子儀器，讓人看了眼花撩亂。

雖然坪數不大，但這間中控室控制著整座樂園的監視器和全息投影，所以電腦的數量極為龐大。

我環顧四周，從設置和擺放的位置判斷最重要的控制位於何方。

很快地，我就找到了主控制的電腦。

「首先，就從監視器開始吧。」

我的手指不斷在鍵盤上揮舞，叫出一個又一個的監視器畫面。

身為殺人偵探的助手，我在辦案過程中，逐漸學會了一些技能。

其中最重要的就是駭客技術。

為了入侵上鎖的電腦，盜取被害人的資料，我在不知不覺間得到了這項技藝。

然而，該說不愧是知名樂園的中控電腦嗎？保密和資安方面做得滴水不漏。即使是我，要侵入深層而核心的部分，也必須花上大量時間。

「不過，只要表層資料就足夠了。」

無數畫面從螢幕中跳出，這些都是我和陌羽在進入樂園後的監視器畫面。

我一個一個省視後，搖了搖頭。

並不是這些資料沒有任何用處，而是幾乎無法辨視。

從之前追著虛擬司馬霜時，我就瞭解到了，全息投影出來的影像，空拍機和監視器都會拍到。

「平樂園」中充斥著無數這樣的全息投影，這大量的虛擬影像填滿了監視器畫面，嚴重干擾觀看者的判斷。

「既然監視器畫面無法使用，那接著就用『活體偵測』。」

我抬起頭，在大型螢幕的正上方，有著一個紅色的長方形電子顯示器。

裡頭就如陌羽剛剛所說的一般，寫著「園內活人數：2」。

「接著，就讓我來看看數字的變化吧。」

若是能知道我和陌羽入園以後，「活體偵測」上的數字是怎麼變化的，或許就能知道「盲」的詭計真相。

一邊敲打鍵盤，我一邊將至今為止的案情發展在腦中整理。

一、我和陌羽進入遊樂園，被司馬焰引導至「起點」。

二、在「起點」中，司馬焰窒息而死。

三、我和陌羽走出起點，遇到司馬霜的影像，而後追著她在園內到處跑。

四、陌羽看到司馬焰的無頭影像。

五、我接到司馬封的電話，發現「終點」起火燃燒，司馬霜在其中斷頭而死。

「不得不說，『盲』真的是個可怕的人物。」

即使做了整理，我還是搞不清楚他究竟躲在哪裡，化身成誰。

凶手必定存在，但就像躲藏在人類思考的盲點中消失無蹤，我甚至連他怎麼殺人的都不知道。

但是，只要我能成功掌握這臺主控電腦，我一定能抓到一點端倪。

我專注地敲打電腦，破解一道又一道密碼鎖。

深入系統、掌握全息影像的使用法、確定活體偵測一直以來的數字。

我的時間已經不多了，進入「狀態」的陌羽隨時有可能衝進來殺掉我。

最終，就在暗夜降臨的那刻，我掌握了整臺主控電腦。

「這究竟……是怎麼回事啊？」

呈現在我眼前的紀錄，是令人不可置信的事實。

「不對！這怎麼可能，活體偵測的數字有被人修改過嗎？」

我不斷進行確認，雖然在我和陌羽入園前的資料都被刪除了，但我們進來後，就沒有人碰過這臺主控電腦。

我所看到的資料，毫無疑問是正確的。

「從我和陌羽進來樂園後，活體偵測的數字就一直是『2』？」

——全都是「2」。

沒有任何改變。

過度的震驚讓我眼前的視野不斷搖晃，差點要站不住腳。

因為這個毫無變化的數字，就像是說明一個事實——

從我和陌羽進來樂園後，這間樂園的活人就一直只有我們兩人。

刺骨的寒意罩上了背，我不禁顫抖起來。

等一下，這究竟是怎麼回事？只有我和陌羽？

既然除了我們之外沒有任何人，那就表示進入遊樂園後引導我們的司馬焰——

「不過是影像而已？」

這有可能嗎？不對，確實有可能。

因為她始終保持一段距離走在我們前方，說話的聲音也是從耳機中傳來。

「但不可能全都是影像啊？」

我親手確認過了，司馬焰和司馬霜的屍體是真實存在的事物。

一個窒息而死，一個斷頭而亡。

必定有一個凶手躲在樂園做了這事，若從頭到尾都只有影像存在，那根本無人能將司馬焰和司馬霜的屍體弄成這樣吧？

就算發現了一些端倪，我依然無法看穿「盲」究竟設置了怎樣的詭計。

「好冷……」

此時我發現，室內的溫度不知何時大幅下降。

我環顧四周，這才發現我被大量的白霧包圍。

「乾冰……！」

二氧化碳不斷在室內積蓄，準備將我窒息而死。

這是——司馬焰的死亡方式。

我衝到中控室的入口處，卻發現房門已經從外反鎖，不管怎麼推都推不開，可能是為了怕我逃脫，我感覺推起來的手感十分沉重，像是外頭被某種重物堵住。

要是平常有吃Ｄ９５的狀況，我會扮演被害人，躺著讓自己窒息而死。

因為血液和意識放大的關係，我能在窒息後用自己的意志讓自己醒轉。

但現在的我已是幾近油盡燈枯，根本做不到這樣的事。

「——該死！」

太過專注在自己的思考上，讓我忽略了陌羽已進入「狀態」。

大量的白色煙霧灌了進來，很快地就淹到了我的腰部位置。

我衝到主控電腦處，調出這間中控室的設計圖來。

「或許還有剩下的通道或是通風口……」

我拚命調動監視器察看，結果發現所有出入口都被重物和障礙物堵住，陌羽為了實行窒息殺人，嚴謹且細心地封了所有出入口。

——白煙淹到了頸部。

室內的溫度就跟冷凍庫一樣寒冷。

這間中控室的室內坪數並不大，所以二氧化碳累積的速度非常快。

運轉自己的腦筋，再快一點！

要是再不快點，我就要窒息了！

「對了，一定有某處正在灌入乾冰！」

一定有哪個通風口接上管子，不斷朝裡頭吐出汽化的乾冰。

只要找到那個地方，我就能從該處逃脫！

飛舞的手指將大量的畫面從螢幕中叫出，我很快就發現某個廁所的窗子沒有被封住。

窗子接著一條巨大的黑色管子，拿著小刀的陌羽站在窗外，眼中隱隱閃著紅光。

「不行……這裡也不行。」

陌羽是刻意留下這個通道的，要是我從這邊逃出，她就會用刀砍下我的頭。

——白煙淹到了頭部！

「既然無法逃出去——」

那就乾脆讓自己窒息而死吧！

但已經沒有多少時間了，我必須在白煙淹沒螢幕時完成這些設定。

我跳到白煙上方，深吸最後一口氣，接著低下頭開始拚命操作！

操作全息投影，設定出我的影像，讓其跑到廁所處倒下。

只要讓陌羽誤以為我已經窒息而死，我就能趁她確認我屍身時逃出去。

「嗚、啊……」

人常說窒息和溺死是最痛苦的死法，這真是一點錯都沒有。

體內的肺泡不斷大聲呼喊著要更多氧氣，即使張大嘴巴，也什麼都吸不到。

巨大的痛苦緊緊勒住我的身體，讓我心想乾脆死了還比較輕鬆。

「呃、啊啊……」

因為缺氧的關係，眼前的情景變得模糊，也沒有足夠的燃料供大腦思考、運算。

但我仍張大雙眼將視線聚焦，固定在眼前的螢幕上。

全息影像設定：莫向陽在廁所、像是窒息一般倒下。

讀取條在我眼前出現！20％、30％、50％——

快點——跑快點啊！

我什麼都吸不到，頭痛得像是要裂開一般，眼前也一片空白。

氧氣！我需要氧氣！快點給我氧氣啊！

我緊緊抓著自己的喉嚨！

就在讀取完成的那刻，我設定的影像倒在了陌羽前方，但窗外的陌羽仍沒有任何動作。

我知道的，她是在等待我真的窒息而死。

——白煙幾乎要填滿整個室內！

時間不斷過去，每一秒都像是一個月那麼長。

快點、快點上前去確認……

痛苦萬分的我不斷拍打牆壁，但我甚至連痛覺都已感受不到。

我的意識已經快要消失了！

即使不斷扭動肢體，我也吸不到任何東西！

再這樣下去，我就真的要死了！

——呼！

就在我幾乎要撐不下去的那刻，一陣強風灌入，陌羽總算打開了窗戶。

大量的白煙往出口處湧入，形成了一股強風！

我張大嘴巴大口吸氣，因為太急的關係而不斷咳嗽。

跪倒在地的我順著強風的方向爬行，咳得一把眼淚一把鼻涕。

這樣的痛苦實在不想要再經歷第二次。

窒息的感覺，就像是讓你慢慢地品嘗自己正在死亡的滋味，我寧願被砍上十刀，也不想因缺氧而死。

「咳、咳——啊啊！」

我躲在廁所門外的白煙中，看到陌羽朝著我倒在地上的影像走去。

要是她發現不對勁，就會馬上再把這邊關起，實行殺人。

我必須趁她驚訝的那刻逃出去。

雖然剛剛活轉過來的身體依舊一點力氣都沒有，但這是我最後的機會。

陌羽靠得越來越近，就在她要發現那是影像的極限距離——

我躺在地上的影像睜開眼，以迅雷不及掩耳的速度從窗戶跳了出去！

被騙的陌羽緊追在後，以矯健的身手也跳出了窗。

「呼、呼……」

我頹然倒在地上，背靠著牆。

影像會在跑到死路後消失，經過剛剛那段歷程，陌羽想要讓人窒息而死的衝動應該發洩掉了。

費盡千辛萬苦，我總算是逃過第一關，但還有更艱難的第二關要過。

「斷頭……」

即使再製造一個莫向陽的影像出來，也無法讓她有斷頭的手感。

要消解她的這股衝動，必須使一個人真的斷頭。

要怎麼樣我才能做到此事，度過這一劫呢？

❖ ❖ ❖

因為待在中控室實在太危險，我在做好必要的準備後，離開了該處。

我來到了擺放司馬焰和司馬霜屍身的地方。

雖然有些猶豫，但我還是在等待陌羽來的過程中，將剛才所發生的一切整理成簡訊，發送給司馬封。

雖然擬定了讓我自己斷頭的計畫，但能不能成功，我對此一點信心都沒有。

要是我真的死了，司馬封說不定能代替我解開真相。

對了，說到這個，我還有一件事必須提醒司馬封。

我拿起手機撥給對方，不過響了一秒，司馬封就接了起來。

「莫向陽，什麼事？我快到你們那邊了。」

「即使抵達這邊，也不要讓任何人踏進樂園。」

「為什麼？」

「要是進來，一定會有人被殺死。」

「……陌羽進入『狀態』了，是嗎？」

「不管是要解開真相還是要逮捕我們都沒關係，但是在她發洩完殺人衝動前，誰都不准進來。」

「那麼你呢？」

「不用你擔心。」我逞強地笑道：「我會處理好陌羽，順道解開真相，把不知躲在何處的『盲』抓出來。」

「你果然也是個不正常的人。」司馬封吐煙道：「正常的處理方式，應該是向我求援，然後將陌羽抓起來吧？」

「她沒犯下任何罪行，你沒理由抓她。」

「你寧願冒這麼大的生命風險，也要袒護她？」

「這不過是我們辦案的必經過程罷了。」

「我剛才透過空拍機看到了，這只是單純的殺戮吧？」

司馬封毫不留情地點出我的痛點：

「這次你沒有成為被害人，少了你的幫助和引領，她的行為完全脫軌。如今的她並沒有複製凶手的行為，只是執著地想要達成『窒息』和『斷頭』這兩個目標。」

「……這都是為了抓到『盲』。」

「『盲』真的存在嗎？會不會打從一開始就不在遊樂園中？」

司馬封的質問，讓我想起了活體偵測上的數字。

——毫無變化的「2」，從我和陌羽進來那刻就是如此。

這座遊樂園中，沒有其他人存在。

「司馬焰和司馬霜變成如此，就表示一定有某個凶手藏在遊樂園中。」司馬封冷冷地說：「既然『盲』不在，死者也不是自殺，那麼就只有你和陌羽有可能是凶手了。」

「……為何？」

「因為，現在只剩你們兩個在遊樂園中——

「只有在遊樂園中的人，才有可能是凶手吧？」

就在聽到司馬封這句話時，至今為止所有的碎片突然奇蹟似的重合在一起！

全息投影、只有兩人的遊樂園、窒息和斷頭的兩具屍體——

「——『盲』是心理盲點的專家。」

「等一下……原來是這麼一回事嗎？」

這詭計也太巧妙了吧，把我和陌羽耍得團團轉。

「我竟然一直都沒發現，這就是我『最大的盲點』。」

「莫向陽，你發現什麼了？」

「從活體偵測可以知道，自從我和陌羽進來樂園後，這裡就只有『兩』人。」

我們被司馬焰引領，帶入「起點」中。

「但是，那個司馬焰不過是影像，我之所以認為那是真人，除了全息投影實在做得太巧妙，也有部分原因是因為『盲』設下了心理陷阱，製造了盲點。」

「──那麼，莫先生就來親自確認看看吧？」

在進來遊樂園前，我為了確認司馬焰是不是「盲」所假扮，伸手摸了她的臉。

「因為觸碰到實體，所以在心中留下了『司馬焰是真人』的認知，但其實在進園的那刻，大量的乾冰配合演出噴發，趁那時候，『真人司馬焰』走出園外，將入口關了起來，僅剩下『虛擬司馬焰』繼續帶領我們。」

「照你的說法，那時的『真人司馬焰』就是『盲』所假扮囉？」

「十有八九是如此吧，而『盲』也藉此達成了他的最大目的──那就是不踏入遊樂園內。」

「為何他要這麼做？」

「這一切都是有目的的，請聽我繼續說。」

跟隨虛擬司馬焰的引導，我們進入了「起點」，接著我們被自動機關產生的銀針迷昏，等到我們醒來後，司馬焰窒息而死的屍體出現了，我和陌羽也因此成了殺人嫌疑人。

「那又怎樣？這不能改變只有你和陌羽進入『起點』的事實，凶嫌只有可能是你們其中之一。」

「正確來說，是『兩個人和一個影像』吧？」

「因為沒有任何人進入『起點』中，空拍機也只有拍到你們三人。」

「在『起點』的事件中，為什麼司馬封你會覺得我們是凶手？」

「既然『起點』內只有我們兩人，那我們要怎麼把不存在的司馬焰殺掉？」

「有可能『真人司馬焰』在你們進入前就躲在『起點』中了，你們進去後，為了某種原因將她殺害？」

「你只說對了一半，司馬焰確實早就在裡頭了，但不是真人。」

「喔？」

「我真是太愚蠢了，明明提示和解答一開始就給我了……」

「——盲不殺人。」

「早就擺在『起點』中的，是『司馬焰窒息而死的屍體』啊！」

不是真人而是屍體。

司馬焰打從一開始就是屍體！

不管是銀針還是後來的乾冰詭計，全都是為了誤導我們。

「盲」想要藉這些機關，讓我們誤以為「司馬焰是被某人給弄窒息」！

「那在你們進入『起點』時，為何沒發現司馬焰窒息而死的屍體呢？」

「因為被全息投影遮住了啊。」

大量的中世紀影像，填滿了整個空間。

但其實司馬焰的屍體一直都在我和陌羽腳下。

「之後的司馬霜事件也是如此，用的是完全一樣的手法。」

「一樣的手法？你的意思該不會是——」

「沒錯，打從我們進入『終點』前——

「——**司馬霜斷頭的屍體就被安在『終點』處了。**」

雙胞胎、將我們引開的虛擬司馬霜、司馬焰的無頭影像——這些全都是煙霧彈。

「盲」想要藉這些行為，讓我們誤以為有「某個人在玩弄交換身分和假死的詭計」。

「從頭到尾，這座遊樂園就沒有人死掉，也沒有我和陌羽以外的其他人。」

活著的司馬焰是影像，被我們追著跑的司馬霜也是影像。

窒息而死的司馬焰是屍體，斷頭而亡的司馬霜也是屍體。

「這一切的一切，都不過是為了製造一個最大的『盲點』！

「那就是讓人誤以為『唯有在遊樂園中的人，才有可能犯下這些罪行』。」

只有遊樂園內的人可以犯案？這就是我們最大的盲點。

乾冰和銀針可以事前設置好。

司馬焰和司馬霜的影像可以事前設置好。

窒息而死的司馬焰屍體可以事前設置好。

斷頭而死的司馬霜屍體可以事前設置好。

全部的機關，都可以靠事前準備完成。

也就是說，「遊樂園外的人」也有可能是犯人！

「——彷彿看穿人類思考，他巧妙利用、躲藏在盲點中。」

「凶手確實是『盲』，然後他現在人就在遊樂園外！」

我們始終將目光放在遊樂園內，於是落入了「盲」的陷阱中。

故事一開始就結束了。

當化身成司馬焰的「盲」關上樂園的那瞬間，整個詭計其實就已經完成了。

「原來如此，這真是漂亮的計策。」

司馬封像是在讚嘆般吐出一口氣說道：

「那麼，『盲』為何要這麼做？是為了陷害你和陌羽成為凶手嗎？」

「這應該不是他的目的，畢竟司馬焰和司馬霜原本就是屍體，既然這邊又沒人被殺死，那我和陌羽也不可能被定罪。」

「盲」這麼大費周章，他的目的究竟是……？

我的腦中閃過了有關「盲」的已知情報。

——救十人，殺一人。

——盲總在背後策劃。

——盲絕對不會親自動手。

——教唆殺人。

——他會以言語和行動誘發他人想殺人的慾望，並提供計謀供他人實行。

「原來是這樣嗎……」

我緊握拳頭，心中非常不甘。

我和陌羽，竟完完全全照著「盲」的設想在走啊。

因為——

「『盲』想要殺的目標……就是我。」

就在我說出這句話的同時，背後傳來一陣刺骨的寒意。

我轉頭一看——

只見眼中隱隱閃著紅光的陌羽拿著小刀，不知何時站到了我身後。

夜幕已低垂，在夜風中佇立的陌羽，看起來就像是身著黑衣的美麗死神。

「『盲』為了讓陌羽進入『狀態』後將我殺掉，設計了這一連串的事件。」

我們都誤以為遊樂園中有凶手。

所以為了破案，我們遲早會使用殺人偵探的一貫手法，化身成「凶手」和「被害人」。

而只要我們這麼做，就是完全中了「盲」的計。

「抱歉，司馬封，我要掛電話了。」

接下來，我必須專心面對完全被殺人衝動支配的陌羽。

「莫向陽，等一下。」

司馬封叫住了要掛電話的我。

「什麼事？」

「抱歉，把你們誤認成凶手，這次連我都被『盲』要得團團轉。」

「……嗯。」

「我再一下就到你們那裡了。」

電話另一頭，傳來了司馬封徒手捻熄菸的聲音。

「所以——在我到之前，你別死了。」

司馬封的這句話，比什麼都還可靠。

只要他到，想必就可以解救一切吧。

但是，可能是沒將我弄得窒息而死吧，這次陌羽身上的殺意，滿溢到連隔了一段距離都感受得到。

「我明白了，我會努力不死的，但是——」

看著面前令人膽寒的陌羽，我對司馬封說道：

「你最好快點來。」

就在我掛掉電話的那刻。

——陌羽以幾乎要看不清的流暢步伐逼了過來，向我直砍了一刀！

我一個側身閃過斬擊，伸出手去想要抓住她的手腕——

但就在要碰到的瞬間——陌羽反握小刀，將刀尖朝向我的掌心！

「嗚啊啊——！」

我趕緊縮手，但手掌還是被劃出了血痕。

順著我因為驚慌後退的步伐，陌羽無縫往前踏。

就像在跳華爾滋一般，我們兩個的身體緊密貼合。

——一道銀光從我們中間閃出！就像是閃電！

多年來的死亡體驗，讓我在這瞬間將上半身往後折！

陌羽反握的小刀從下往上劃，讓我上半身的西裝外套從中分成兩半。

不給我任何喘息的空間，陌羽再度往前逼近！

我趕緊脫下裂開的外套往前丟，想要藉此阻礙陌羽的視線——

——銀光閃過！

外套就像奶油一般瞬間被切成兩塊！

——唰！

陌羽甩了甩刀子，將滯空的西裝碎片揮開，現出了紅光閃耀的雙眼。

默然看著我的她一點都不像人類，那副身影，讓我想到前來收取代價的黑色惡魔。

「真是傷腦筋啊……」

進入「狀態」的陌羽跟職業殺手相比，有過之而無不及。

被殺人衝動支配的她，比誰都還精於戰鬥和殺人。

「總覺得……沒信心撐到司馬封來啊。」我苦笑。

陌羽緩緩走來，我在看好相對位置後，緩緩後退保持和她之間的距離。

擺出防禦的架勢，我專注看著三步前的她，準備進行閃避。

離設定好的時間還有幾秒，接著就是關鍵時刻了。

剛剛是我不對。

竟然想要對她反擊，這真是太愚蠢了。

只要專注於躲閃，我或許就能撐得更久些。

接著，她會怎麼進攻呢？

直刺？橫劈？斬擊？還是——

——刀尖抵達了我的額前。

「咦？」

這是個完全出乎我意料之外的舉動。

陌羽她——竟然將刀子投了過來！

反應慢了半拍的我低下頭，但已完全失去平衡。

——咚！

小刀釘到了我身後的樹幹，幾乎在此同時，逼到我面前的陌羽重重踩住了我的右腳掌。

「呃啊——！」

我感覺腳掌的骨頭像是要裂開一般，吃痛的我第一時間想後退，但因為被踩住的關係，我一步都動不了。

——染血的黑色裙襬紛飛。

矮我快三十公分的陌羽一個高踢，腳尖刺進了我的太陽穴。

我拚命順著這個力道往側倒，以免自己被踢暈，但陌羽巨大的力道還是將我整個人狠狠地釘到地上，發出了「砰」的一聲大響，揚起地上無數沙塵！

順著踢擊的旋勢，陌羽一個迴身跨坐到我身上，手一伸，將樹幹上的刀子取下。

一氣呵成的連續動作，流暢到就像是做過幾千次。

「等一下！陌羽——」

我的話完全沒有使她的動作停止。

陌羽拿著陌雪給予的小刀，精準地朝我脖子砍去！

——就是現在！

不管是時間還是位置都剛好。

——噗。

一陣削肉斷骨的聲音響起。

我的頭就這樣被陌羽的小刀給砍飛！

❖ ❖ ❖

夜色越來越深，在一片黑暗中，陌羽的動作就像沒電一般停了下來。

「呼、呼……」

驚懼萬分的我不斷扭動身軀，逃離被陌羽控制的姿勢。

等到鬆了一口氣後，才發現我的雙腳在顫抖，我扶著身旁的牆，不斷喘氣。

「總算是、總算是度過這個難關了……」

我轉頭看著地上被斬首的屍身。

那個是——司馬焰窒息的屍體。

就在剛剛要被砍頭的那刻，我將司馬焰的屍體拉來，並利用全息影像讓她變成我，使她代替我而死。

雖然這樣的計畫很冒險，但好在最後還是成功了。

「陌羽。」

聽到我的叫喚，陌羽轉頭面向我。

可能是夜幕太深，也可能是她的瀏海太長的關係，我看不清她的表情。

「已經沒事了。」

認為她的殺人衝動已完全消解的我，走到她的身前。

既然「狀態」已經解除，那她應該能聽進我的話了。

「我跟妳說，自始至終，這座遊樂園就什麼都沒發生——」

——噗。

又是一陣輕響，從我的腹部處傳來。

「咦……」

我低頭一看，只見陌羽面無表情地握著刀子，捅進了我的腹部。

震驚無比的我踉蹌後退，背抵著牆強自站著。

怎麼會這樣……

我的計策沒成功嗎？

還是——

「只用影像和屍體搪塞……無法完全排解她的殺人衝動嗎？」

雙手染滿鮮血的陌羽默默地站在我面前，眼神一片黯淡。

手捂著腹部的傷口，我感到血不斷地從中淌下。

這下，真的是被逼到絕境了。

身體一點力氣也沒有，意識也幾乎要消失。

無法吃Ｄ９５，也沒有安排任何一個全息投影來拯救我脫離困境。

「陌羽，聽我說！這邊沒有兇殺案，快些從『狀態』出來——」

又是一道漂亮的銀光閃過，切斷了我後半段的話！

要是我沒有反射性地低下頭，我的頭就要和身體分家了。

「陌羽！冷靜點！」

雖然知道沒用，但我還是持續對她大喊，因為這是我唯一能做的事了。

「別落入『盲』的陷阱！妳已經不需要用殺人來破案了！」

陌羽一個踏步，迅速逼近到我面前揮下刀子！

我狼狽無比地滾開，逃過這次的襲擊。

「嗚啊……」

我感到腹部的傷口越來越大，滴下的血在身後留下大量的血跡。

——我會死。

這次的死亡感比任何一次都還來得近、來得巨大。

一步又一步朝我靠近的陌羽，全身上下充滿刺骨的殺意。

夜風拂動她的黑色洋裝，讓她看起來既冷豔又令人害怕。

接著，不管我說什麼都沒用，隨著陌羽的砍殺，我身上的傷口越來越多。

不是為了破案，也不是為了重現命案過程，更不是為了化身成凶手。

這樣，沒有任何理由的追殺，不就像是——

「單純……的殺戮嗎？」

——巨大的恐懼在這瞬間抓住了我。

我感到身體越來越冷，眼前也越來越暗。

原來所有被害人在被殺之前都是這種感覺嗎？

看著陌羽手中滴著血的小刀，我不禁顫抖起來。

——好可怕。

要是現在傾盡全力逃跑，那或許還有一線生機？

事實上，我生存的本能也不斷在體內大吼，希望我能馬上逃跑。

「我不想死、不想現在就死……」

顫慄支配了我的身體，現在的我不管是誰都能看穿。

我害怕受傷，也害怕疼痛。

我只是再普通不過的人類，除了善於偽裝自己的心情外，沒有其他任何突出之處。

明明痛得要死，卻總是擺出一副沒關係的模樣。

明明嘴上說沒關係，但不過是不想死的膽小鬼。

明明是膽小鬼，但還是想鼓起所有勇氣陪在陌羽身邊。

我早就知道了，這樣勉強至極的關係終有一天會迎來終結。

要是真的結束，或許對陌羽和我都是一種解脫。

「可是……」

——陌羽一個人望著窗外的身影在我腦中浮現。

「要是我真的從她身邊逃跑了……」

那她就會真的變得孤獨一人了。

「所以——」

我不能逃。

「就算再怎麼被殺害，我都得活下來——」

——陌羽的刀尖朝我的眉心刺去。

「就算以再怎麼難受的樣子掙扎——

「我都要待在妳的身邊啊！」

放棄一切的我閉上雙眼，準備迎接即將到來的終末。

但是，如我所想的疼痛和解脫感並未出現。

等了許久後，我緩緩睜開眼，結果發現陌羽的刀尖停在我眉間前一公分，就像是被凍結一般。

「為什麼……」

陌羽虛弱的嗓音在我身前響起。

「為什麼我都做到這個地步了……你還是不願意離開我？」

雖沒有流下淚水，然而她脆弱無比的聲音，聽起來就像是在哭。

「……咦？」

「到底要傷害你到何種地步？你才願意離開你現在的位置？」

「……」

「我都、我都……」

像是對她的行為感到內疚，陌羽緊緊咬著下嘴脣。

「我都毫無理由地刺你一刀了，你還是不害怕嗎？」

「……………原來如此啊。」

聽到此處，我總算是瞭解了一切。

「妳早就從『狀態』中醒來了，是嗎？」

可能是為了讓我害怕，陌羽裝作被殺人衝動支配的模樣，刺了我一刀。

之後的不斷追殺，為的也是同一目的。

——為的都是讓我因為懼怕，從她身邊逃離。

輕輕抓著我胸前的衣服，陌羽彷彿懇求我一般低聲說道：

「算我拜託你了，快逃啊……」

「我不要。」

「快離開我啊……」

「我不要。」

「快讓我獨自一人吧……」

「我不要。」

「你難道不痛嗎？不難過嗎？」

「當然痛啊，也難過無比。」

「那麼，你為什麼還要待在我身邊？」

「…………」

「你知道嗎？我不想再那樣了……」

陌羽低下頭，以彷彿在哭的語氣說道：

「我真的……不想再傷害你了……」

「……我知道。」

「不，你不明白，我已經厭倦了……」

陌羽朝我露出一個帶著疲憊和悲傷的笑容，輕輕說道：

「我已經厭倦傷害你，然後又因為這樣的你而受傷了。」

陌羽的這副表情雖讓人看了心疼，但那之中也蘊藏著無與倫比的淒美。

聽到陌羽這麼說，雖然腹部的傷口很痛，但不知為何我心中有著些許欣喜。

或許，我們之間的距離，並不像我想的那般毫無長進。

「太好了，你們兩個都沒事。」

一個厚實的聲音突然從身後出現。

我轉過身去，發現是抽著菸的司馬封。

「你終於來了啊。」

「是啊，就在剛剛，我查到了一些『盲』的事，待會跟你們說。」

他緩緩走到我面前，打量了一下我腹部的傷口。

「不過，現在還是先幫你做點急救措施吧。」

司馬封從懷中拿出一個像是警察手冊的東西將其打開。

手冊裡頭並不是紙，而是中空的凹洞，凹陷處放著幾顆豔紅色的藥丸。

「陌羽，這是我們特殊命案科特製的藥品，可以收血止痛，妳就餵莫向陽吃下吧。」

「好的。」

陌羽點點頭，走到司馬封的面前，準備拿起他手上的藥丸——

——就在這瞬間，陌羽扣住了他的手腕！

「咦？」

異變突起，讓我驚訝出聲。

陌羽抬起左膝，往司馬封的腹部踢了過去！

司馬封豎起右掌，輕而易舉地接住這道攻擊。

「陌羽，妳在做什麼？妳的殺人衝動還沒發洩完嗎？」

「你就別再裝了。」

陌羽一臉平淡地說出令我驚訝無比的真相。

「竟然裝成司馬封的樣子，你還真是好大膽子啊，『盲』。」

「——咦咦！」

無視驚詫的我，陌羽繼續進行攻擊。

扣住司馬封的右手，嬌小的陌羽以流暢的動作旋入他的懷中！

就像龍捲風一般，陌羽抬起司馬封的身體，朝地上摔去！

司馬封以不像他的敏捷動作跳起，一個空翻後，他好好地雙腳著地，並沒有被陌羽摔倒。

但陌羽並沒有放過他，她再度衝到司馬封懷中，伸長雙手想要抓住司馬封的衣領。

司馬封反射性地往後退，趁著這個勢頭，陌羽將腿伸到司馬封兩腳間——

一勾一劃！

司馬封砰的一聲跌倒在地，四腳朝天。

陌羽跨坐到他的身上，雙手絞住其衣領！

「不准輕舉妄動，『盲』。」她以冰冷至極的聲音說：「要是敢亂來，我就馬上絞暈你。」

「進入『狀態』時以刀術殺人，平時卻用不殺的柔道嗎？這反差還真是有趣啊。」

「……我不需要你來評價我。」

「竟然用警察最熟諳的柔道對付我，這是在向我們特殊命案科下戰帖嗎？」

「你不是司馬封，也不是特殊命案科的人，我說過了，你就是『盲』。」

「妳誤會了。」雖然被陌羽制住，但叼著菸的司馬封還是毫無畏懼地說：「我可以證明我是司馬封。」

「你要怎麼證明？」

「很簡單，我不是一直在和你們通電話嗎？」

「那又怎麼樣？」

「若現在的我是『盲』所假扮，我不會知道那些內容吧？所以——」

司馬封滿懷自信地說：

「我現在就重現我和你們的對話給你們聽。」

記性絕佳的司馬封不斷述說，幾乎一言不差的重現。

「——我就要逮捕你和陌羽。」

「——要是你們再不過去，就連司馬霜都要被燒死了！」

「——妳只會殺人——只會用重現案件真相辦案。」

「——若你們其中一人就是真凶，我一定親手殺了你們。」

「我明白了。」

聽完後，陌羽點了點頭。

「妳終於明白我不是『盲』了？」

「不，你毫無疑問的就是『盲』。」陌羽斷言，「聽完後，我更加肯定這件事了。」

「究竟妳為何總是一口咬定我是『盲』？」

「我化身凶手、成為凶手——我是最擅長殺人的偵探。」

陌羽繼續說道：

「就在進入『狀態』後，我明白了許多凶手的企圖和思考。」

「喔？」

「我和莫向陽，今天是被誰引導到樂園來的？」

「被『盲』。」

「不，是被司馬封的委託引導而來。」

「……………」

接著，彷彿不想給他喘息和辯解的空間，陌羽不斷說道——

「是誰將我們指為凶手？」

「是誰告訴我們『盲』的事？」

「是誰給了我們破案的時間壓力？」
「是誰逼得我必須進入『狀態』？」
「是誰想藉我的手殺了莫向陽？」
「做出這些事，說出這些話的人——」
宛如宣告真凶一般，陌羽斷然道：
「全都是你啊——司馬封。」
聽到陌羽這麼說，我宛如被電擊一般想起了許多事。
其實只要稍微一想就能明白，我們確實一直在無意中被司馬封的電話所牽著走。
「該不會、該不會——」
陌羽點點頭，肯定了我心中的猜測。
「一直以來跟我通話的司馬封——其實就是『盲』嗎？」
「正確答案。」
司馬封成熟厚實的聲音，突然變得像是少年般青澀。
「其實當時在遊樂園外，差點就被拆穿了呢，沒想到你會因為司馬封有妹妹這麼無聊的事，打電話給『我』。好在那時你們兩個都跑到旁邊，沒在看我，讓我得以用司馬封的聲音透過耳機和你們對談。」
就在我們因為他的話而回想的時候，他張開嘴，對著陌羽吐出一口白煙。

趁著眨眼的瞬間，也不知道「盲」是怎麼做的，就像金蟬脫殼一般，他留下了外頭的風衣，從陌羽的制伏中脫逃而出。

「果然啊……」

陌羽丟掉手中的風衣，看著面前的司馬封——不，或許該說「盲」吧。

「見到我沒有殺掉莫向陽，你在不得已之下只好出現在我們面前。」

陌羽攤開手掌，掌心放著剛剛「盲」遞給她的紅色藥丸。

「這藥丸應該是某種毒藥吧？你依然沒放棄讓我親手殺掉莫向陽的計畫。」

「真不愧是殺人偵探，一切都被妳看穿了。」

「盲」轉向我，以司馬封絕對不會露出的微笑說道：

「莫向陽，你曾說過：『遊樂園外的人才是凶手。』」

「盲」的聲音，突然從少年轉成了悅耳甜美的少女聲。

「既然如此，為什麼你從沒懷疑過司馬封——沒懷疑過我呢？」

聽到他這麼一說，我才猛然意識到這個奇異之處。

為什麼呢？為什麼我沒有第一時間發現這事？

「打從一開始，你們就處於盲點中。」

以老婦的聲音，「盲」發出「咯咯咯」的奇異笑聲。

「封閉環境中的人才是凶手？沒有這樣規定的吧？」

「盲」的聲音越來越老，變成了垂垂老矣的老人。

「雙胞胎就一定會身分交換？這不對吧？」

老人的聲音驟然變得幼小，「盲」以嬰兒的聲音，繼續說道：

「斷頭和全息影像搭配起來，就能將一具屍體變成兩具？真的是這樣嗎？」

「盲」轉回了原本司馬封的聲線。

「推理劇的警察就不可能是凶手？這又是誰說的。」

也不知是怎麼做的，「盲」同時以十幾個人的聲音同聲說道：

「陌羽、莫向陽，你知道你們最大的盲點是什麼嗎？那就是——

「——你們一直在以偵探的角度去分析事情啊。」

正是有了既定認知，才有了意料之外。

正是專心注視著什麼，才出現了盲點。

從頭到尾，這裡就沒有凶殺案也沒有我們之外的人，我們卻一直想把不存在的凶手給找出來。

「盲」看穿了我們的思考，於是設置了這齣戲，誘發陌羽進入「狀態」。

事實上，他的計策也差點成功了。要不是我的孤注一擲，我可能現在就被陌羽斷頭了。

「從什麼時候開始的？」

我大聲問道：

「究竟是從什麼時候開始，你化身成司馬封？」

是從車上的電話開始？還是從宅邸開始？抑或是從水族館就開始了？

「咯咯咯——你又來了，又被困在自己的思考中了。」

「盲」像是很愉快地笑道：

「有可能我跟司馬封就是同一個人啊？所以特殊命案科才永遠抓不到我。」

「——！」

「也有可能『盲』根本就不存在，從頭到尾都是捏造出來的人物，對吧？」

「到底哪句話才是真的……？」

「全部都是真的，也全部都是假的——就跟你一樣。」

「盲」用莫向陽的聲音對我說道：

「我不願意被任何人看穿，所以，我躲在人類的盲點中。」

「我跟你這種人才不一樣……」

「一樣的，並無二致。」

「盲」以我的聲音咯咯笑道：

「你連自己都不想看穿自己，你的存在本身，不就是莫向陽的盲點嗎？」

「我——」

「莫向陽。」

「盲」一個轉身，全息影像覆蓋了他，使他化身成我再熟悉不過的對象。

「你真正想陪伴的人，究竟是誰呢？」

「陌雪」以純白的微笑向我提出質問。

「————！」

「盲」認識陌雪嗎？

不對，他曾將虛擬司馬霜變成陌雪，所以，他一定認識她。

「為了和我之間的約定，你陪在陌羽旁邊。」

「盲」以陌雪的聲音向我問道：

「你把陌羽當作陌雪的替代品，是嗎？」

「不是！絕對不是！」

「那你為什麼要待在陌羽身邊？」

「因為我喜歡她——」

「這是謊言吧。」

露出彷彿看穿一切的雙眼，「盲」說道：

「我知道的，在陌羽面前，你只能遮蔽自己的心意，說出連自己都不敢肯定的話語。」

即使知道眼前的陌雪不是真的，我仍深深動搖。

——陌雪十年前的染血笑容浮現在我腦中。

過去的回憶一口氣湧上心頭，配上我腹部的傷口，讓我非常想作嘔。

「謊言是為了混雜真實，真實是為了說謊不被發現。」

模糊的視野中，陌雪漸漸變成了另一人——

——莫向陽。

眼前的人不知何時變成了莫向陽。

「既然不知道說出口的話何為真假，那就表示藏起來的部分才是你真正想說的吧？」

也不知道是不是流血過多的關係，我的雙腳不斷顫抖，身體也開始發冷。

「你曾無數次說過你喜歡陌羽，但是——

「你曾說過你恨她嗎？」

「不是這樣的！」

就像在悲鳴一般，我使盡全力大喊：

「我並沒有恨過陌羽！」

「你又在說謊了。」

「這不是謊言！」

「不斷被殺害，怎麼可能不恨她？」

「莫向陽」咯咯大笑：

「這才是莫向陽隱藏在心中的真實啊——」

「——夠了！」

隨著陌羽的這聲斷喝！

一把小刀投了出去，將眼前的「莫向陽」打散！

笑嘻嘻的司馬封再度出現在我們面前。

走到我和「盲」之間，陌羽做出一個出乎所有人意料的舉動。

就像那時在水族館面對張藍一般，陌羽牽起了我的手。

看著並肩站在一起的我們，「盲」微笑道：

「殺人偵探這麼做，是想表示不管如何，妳都會保護莫向陽嗎？」

「莫向陽不需要我保護。」陌羽輕輕搖了搖頭，「我只是想藉這個動作和你說，就算莫向陽真的恨我也沒關係。」

「喔？」

「不管他對我是怎麼想的——」

面無表情的陌羽，以再認真不過的語氣緩緩說道：

「我都不討厭他。」

「……」

「就算他真的一直在說謊、就算他真的在心中把我當作替代品——就算哪天他不告而別離開我身邊，我都不會責怪他的。」

陌羽緊握我的手，就像是想藉此告訴我，她所說的話沒有一絲虛假。

「這十年他在我身邊所做的一切，已遠遠超出我所該得的。」

陌羽轉頭對我露出淺淺的微笑，說道：

「所以，莫向陽，絕對不要責怪自己——

「——我對你唯有感謝。」

我緊咬著嘴脣，努力忍住心中滿溢的情緒。

要是不這麼做，或許我就會當場哭出來。

看著我們兩個的樣子，「盲」先是沉默一會後，雙手抱在腦後說道：

「啊啊～～真是可惜呢。」

「……」

「我還以為能用言語把莫向陽逼到自殺呢。」

「你究竟為什麼要這麼執著於殺掉莫向陽？」

「我看上的目標，就一定得殺掉才行。」

「僅止於此？」

「僅止於此。」

「盲」笑嘻嘻地說道：

「沒人規定殺人一定要有動機吧。」

「你是愉快犯嗎？」

「不，說不定我其實跟你們有因緣，但我說謊了。」

「……」

「我化身盲點、成為盲點——我是最擅長說謊的凶手。」

司馬封的身影，緩緩淡去。

「終有一天，我們會再見面的，莫向陽和殺人偵探。」

就像出現時突然，他悄無聲息地消失了，恍若從來沒到過此處。

平樂園陷入了完全的寂靜。

相比剛剛的緊張和喧囂，此時的安靜就像假的一般。

我和陌羽默默站著，一句話都沒說。

過了良久，鬆了一口氣的我緩緩說道：

「總算……結束了吧？」

再也撐不住的我雙膝一軟，就要倒下——

一陣柔軟的觸感接住了我。

陌羽用她的肩膀，迎住了向前傾倒的我。

我們兩個一步又一步，艱難無比地往出口邁進。

和「盲」對峙的情景和話語就像詛咒一般，不斷在我腦中出現。路途中，我本想過要向她辯解，但在看到她的側臉後——

「——我對你唯有感謝。」

她剛剛的話從心中浮現。

我緩緩閉上眼，決定一句話都不解釋。

取而代之的，我對她這麼說：

「陌羽。」

「今天真的是個好日子呢。」

「嗯？」

「……明明你就受了這麼多傷。」

「不過，我還是覺得今天很棒。」

我努力站穩腳步，伸出手去，輕擁了一下陌羽的肩膀。

「光是有了這樣的結尾，我就覺得今天發生的一切很值得。」

我露出一如既往的笑容，輕聲對她說道：

「下次，我們再來這間樂園一次吧？」

在滿天的星光下，陌羽看著我，什麼話都沒說。

她沒有答應我的請求。

但是這次——她也沒有搖頭拒絕我。

終章之後

「傷口縫合費五百萬、精神賠償費一千萬、聽到你的聲音就火大五千萬——以上總共六千五百萬。」

我向面前的司馬封伸出手。

「請問客人要刷卡還是付現？」

「…………」

司馬封一臉無言地看著我。

時間是我和陌羽進入平樂園的隔天。

司馬封跑來探望我。

據他所說，來到「歿」進行委託的確實是他本人，而他也確實在之後出了國。

本來交給我們的黃色信封是另一個委託，但是不知何時被「盲」替換掉，變成了「平樂園」的兩張票。

也就是說，「盲」以司馬封誤導我們的時機，是從我車上說電話時開始起算。

之後，真正的司馬封發現不對勁，於是第一時間趕到平樂園來，那時被陌羽攙扶的我正歪歪斜斜地要走出樂園。

司馬封將重傷的我和陌羽一同送回了「歿」，並派了特殊命案科的醫療團隊來幫我療傷。

雖然腹部的穿刺傷口很深，但精通殺人的陌羽刻意閃過了致命傷，總算是沒傷到重要內臟。

「事後調查，某醫院的兩具少女屍體不知為何消失了。據我推測，『盲』似乎是偷偷將屍體偷走，然後再整型成你所看到的模樣。」

「這不重要，重要的是你什麼時候要付錢？」

「…………………」

「看你的表情……怎麼？有什麼不滿嗎？」

我翻開被子，指著自己滿是繃帶的腹部說道：

「要不是你們特殊命案科的委託，我怎麼可能會傷成這樣。」

「……這次確實是我們的不對，但水族館那次你也有欠我吧？這樣就算兩清──」

「痛痛痛痛痛──我的腹部好痛！」我拚命掙扎大叫：「要死了！這比衝進火場還痛上一百倍啊啊啊啊啊！」

「奇怪，越聽你哀號就越不感到同情，這是怎麼回事？」

司馬封看著在床上的我，嘆了口氣說道：

「不過你說得對，這次我們確實有愧於你，之後我一定會想辦法還清這人情的。」

「要怎麼還？」

「之後在任何命案現場，只要你撥通電話給我，我就會動用特殊命案科的力量，盡量給予你和殺人偵探方便。」

「這聽起來還不錯。」

「還有，之後要是你有想知道的情報，只要不是列為機密的，我都可以說給你聽。」

「真的嗎？那我特別想問一個。」

「是什麼？若是有關於『盲』的——」

「你真的有雙胞胎妹妹嗎？」

「…………」

「這應該不是機密情報吧？為何沉默了。」

「不，我只是非常訝異你竟然第一個問這個。」

「這比什麼『盲』的情報重要多了。」

「……我確實有妹妹，不過只有一個，不是雙胞胎。」

「名字叫司馬焰？」

「是的。」

「十六歲？」

「十六歲。」

「很漂亮？」

「在一般世俗眼光中，似乎算是個美人。」

「很好。」

我點了點頭，向司馬封伸出手：

「因為你有漂亮妹妹的關係，賠償費再加個八千萬，這次我只收現金。」

「……你這人難道就不能正經些嗎？」

「人生苦短，即時行樂。」

我露出平常的輕浮微笑說道：

「我隨時可能會死，要是不隨心所欲點活著，那也太虧了吧。」

「你自己也知道你隨時會死啊。」

「那是當然的啊。」

「那你知道你和陌羽的關係和辦案方式，就像是走在危險的鋼索上嗎？」

「我知道。」

「這樣勉強的關係，只要一個不小心就會崩壞喔——就像你們這次在平樂園一樣。」

「這我也都知道。」

我收起臉上的笑容。

「但是，即使如此，我還是想陪在陌羽身邊。」

司馬封默默地看著我，就像是在確認我的決心。

過了許久後，他點點頭。

「是條漢子呢。」

「總覺得被你認同有些奇怪。」

「總之，這次辛苦你和陌羽了，面臨『盲』還能全身而退，已經算是了不起的成就了。」

「這樣算全身而退？」

「之前『盲』設計出的殺人案，致死率是百分之百。」

司馬封指著我說道：

「你是第一個從他手下倖存的被害者。」

「真不知道該哭還是該笑。」

關於「盲」，還是充滿了許多謎團。

被他害得差點死掉，我卻連他長怎樣、多大年紀都不知道。

不過我總有預感，只要繼續以殺人偵探的助手身分活動，我遲早會再遇到他一次。

「不過說到『盲』……我還有一項要求想跟司馬封你提。」

「什麼要求？」

「你能不能『咯咯咯』的笑幾聲？」

「……為何？」

「總之你照做就是了，我想確認一件事。」

司馬封緊皺眉頭，似乎有些為難。

但可能是真的覺得這次有愧於我吧，他最後還是遵從了我的要求。

「咯……咯、咯！」

「……………………………………………………我本來是藉此確認你是不是『盲』的。」

「結果呢？」

「結果這麼恐怖又難聽的笑聲，讓你完全擺脫了嫌疑。」

「……」

「而且，雖然早有心理準備，但坦白說——」

我捂著嘴，有些作嘔地哀嘆：

「看一個老男人有些害羞的笑，比我想得還噁心許多。」

——砰！

「就說不要在室內開槍了！」

司馬封離去後，我因為傷痛和疲憊而沉沉睡去。

睡夢中，陌雪再度出現於我的面前。

她坐在我床邊，雙手撐著下巴看著我。

——莫向陽。

她的臉上，帶著每次見面時都會露出的純白笑容。

——你喜歡我嗎？

——若你喜歡我，那麼這份情是家人之情？還是親子之意？抑或是男女之愛呢？

——從十年前開始，你的目光就停駐在誰身上？

我沒有回答她。

我只是默默地看著她的笑容，露出懷念無比的微笑。

就連陌雪，我都不希望她能看穿我。
只要這樣就好，最好連我自己都搞不清楚我自己。
若是能捨棄所有自我，或許我就不會想太多——或許我就能待在陌羽身邊久些。
終有一天，我會在她身邊死去，甚至有可能就是被她親手所殺。
但只要能維持這樣遙遠又接近的距離，我就知足了。
即使不滿足，我也得說服自己這就是我想要的全部。
因為，這十年來，我已經徹底明白了。
唯有這樣的莫向陽，能站在陌羽身邊。
不管做什麼，我都改變不了現狀。
或許是想要安慰我，眼前的陌雪伸出潔白的手，撫上了我的額頭——
——一陣輕柔的感受觸及我的額頭。
「咦……？」
這真實無比的觸感，實在不像是夢境。
我緩緩睜開眼來，結果發現陌羽伸出她的小手，擦掉了我額上的冷汗。
「咦？咦？」
看到這情景，我更加混亂了。
我是還在作夢嗎？
陌羽在我床前照顧我？不對，這怎麼可能。這十年來，她就連我的房間都沒踏進來過吧？

「還好嗎？莫向陽。」陌羽輕輕問道：「身體很難過嗎？」

「……………………」

我一定是腦袋燒壞了，對，一定是這樣。

看著眼前的陌羽，我張開嘴，試圖想要說什麼。

但因為過度震驚的關係，在猶豫許久後，我還是一個字都吐不出來。

「若是會痛的話，需要幫你叫醫生嗎？」

陌羽說得沒錯，腹部的傷口確實很痛，所以這並不是作夢。

那這究竟是怎麼回事——啊，我知道了。

「妳……」

我伸出顫抖的手指，指著陌羽。

「嗯？」

「妳是『盲』假扮的，對吧？」

「……………」

「既然不是作夢，那就只有這個可能了。」

「雖然我能理解你為什麼會有這種反應，但並不是這樣的。」

「那就是妳生病了——對，就是這個。」我擔心地看著陌羽，「妳是不是高燒到腦袋融化了？需要我幫妳叫醫生來嗎？」

「真正需要醫生的人竟然叫我看醫生，還真是意想不到。」

「若不是生病也不是別人裝扮，那妳究竟為什麼來探望我？」

聽到我這麼問，陌羽低下頭，細聲道：

「……是我將你刺傷的，所以我來探望你一點都不奇怪吧？」

「這很奇怪吧。」

我看著她微微別過去的臉，緩緩道：

「這十年來，妳還是第一次來看我呢。」

別說將我刺傷了，之前我也曾因為陌羽面臨瀕死的重傷，但陌羽怕對我心生好感，一次都沒來探望過我。

「嗯……」陌羽微微別開了視線說道：「其實探望只是順道，我主要的目的不是這個。」

「那妳主要的目的是？」

「我是……」

可能是從沒做過這樣的事，陌羽雖然面無表情，但她併起的雙腳微微扭動，似乎是有些坐立不安。

她小小的嘴巴張張闔闔一會後，以幾乎聽不見的聲音說道：

「我呢……其實是送這個過來給你的。」

陌羽指著我身旁的床頭櫃。

「送東西給我？」

等到我的視線順著陌羽手指的方向看過去時，我的雙眼瞬間瞪大，簡直不可置信。

「花……」

一大束白色花朵，就這樣插在我曾送給陌羽的白色素燒花瓶中。

「這是我今天去花園摘的。」

「妳摘的？」

「是的，希望莫向陽你會喜歡。」

「等一下……陌羽，妳究竟怎麼了？」感到混亂至極的我勉強自己坐起身來，問道：「既來探望我，又送我自己摘的花，這些都不是妳會做的事啊？妳到底是──？」

「因為，我想要改變。」

「咦？」

「就在這次我知道了，不管我怎麼做，我都趕不走你，既然你永遠在我身邊，那再繼續這樣下去是不行的。」

陌羽深吸一口氣，看著我的雙眼緩緩說道：

「我決定不再拒絕你。」

「……」

「我拒絕了你十年，為了保護你，我不斷遠離你。但這麼做，並沒讓我們之間的關係變得比較好，我依然不斷地在傷害你。」

「…………」

「雖然嘴上說著不想傷害你，但只有我什麼努力都不做，這樣是行不通的。」

陌羽對我露出淺淺的微笑，輕輕說道：

「我得變得更勇敢些，對吧？」

「……妳不害怕嗎？」

妳不害怕哪天因為對我太有好感，情不自禁想要殺了我？

「當然害怕，但是……

「我更害怕這樣的關係一直持續下去。」

「————！」

——我趕緊將臉別開，不讓陌羽看到我此時的表情。

糟糕，好想哭。

要是一鬆懈下來，我說不定就要大哭出聲了。

原來——

原來在平樂園感受到的心情並不是錯覺。

這十年來在陌羽身邊的時光，並不是徒然無功。

「雖然……我可能做得不會很好。」陌羽低下頭，細聲說道：「我從未主動想要靠近其他人，你也知道的——那個……你是第一個，但是我會盡我所能努力的。」

「沒關係的，妳已經比我有勇氣多了。」

我總是想著要怎麼維持現狀。

但陌羽想得比我深多了。

即使前途茫茫，她依然想要改變我們之間的關係。

我再一次體認到了，她是個比我厲害許多的人物。

難怪她會是殺人偵探，而我不過是她的助手。

「我是不是……總是拿你們陌家的女生沒辦法啊？」

「什麼意思？」

陌羽看著我，微微歪著頭。

望著可愛至極的她，以及她剛剛送給我的白色花束，陌雪的聲音再度從我心底浮現。

「——你愛的人，究竟是誰？」

「——莫向陽的心意，究竟指向何方呢？」

「陌羽……」

就像是早就決定好要這麼說一般，我緩緩開口：

「我喜歡妳。」

「……」

聽到我這麼說，眼前的陌羽微微顫抖了一下。

「我再說一次，希望妳聽好了。」

收起一貫的玩鬧笑容，我正經無比地說：

「我喜歡妳。」

就在聽到我這麼說的那刻，我感受到陌羽的眼眸深處，似乎隱隱閃爍著紅光。

於是，我馬上補充道——

「——大概吧。」

接著，像是在嘲笑因為我的話而動搖的陌羽，我輕捂著嘴，「噗哧」一聲笑了出來。

後記

「大家好，我是小鹿。」
「我是莫向陽。」
「第一集字數就爆炸！責編特地求我不要寫太多後記，所以，謝謝大家——」
「妳《深表遺憾2》已經用過這招了！」
「為了節省字數，我連謝詞都放在作者簡介那邊了。」
「這感覺就像是在班上自我介紹時，跟大家說：我的名字叫『謝謝媽媽把我生出來』一樣。」
「我本來還想將曾出版過哪些作品寫在繪師介紹那邊的，但責編很喪心病狂地沒有同意。」
「你這要求才是喪心病狂吧？」
「想要我的後記嗎？想要的話可以全部給你，去找吧！我把所有後記都放在幾個月後會出的下一集了。」
「那有意義嗎！」

「回到原本的話題，莫向陽你知道為何內文爆字數，責編會特地要求後記少寫嗎？」

「因為頁數會變多，印刷成本和售價都會提高吧？」

「沒錯，但是難得責編有求於我，我若是不趁機報復他，那我還算是個人嗎？」

「不，就是因為會這樣落井下石，你才枉自為人吧。」

「就算只給我一千字的空間，我也要好好整他。」

「你打算怎麼做——」

「這
樣
排
版
不
就
好
了
嗎
？」

「…………」

「這樣字數，

即使，

沒幾個字，

也可以，

拉長，

頁數了。」

「這現代詩風格是怎麼回事？」

「姊寫的不是後記，

是寂寞。」

「真的好寂寞，那空白真是多到嚇死人。」

「問世間編輯為何物？直教人生死相逼。」

「好詩好詩。」

「垂死病中驚坐起，哭問稿子來了沒。」

「這句詩的作者是小鹿的責編嗎？」

「嘈嘈切切錯雜砍，大鹿小鹿落入盤。」

「啊……責編他終究還是動手了……」

「人生自古誰無死，砍死對方我再死。」

「能用這些莫名其妙的古詩接上對話，你也是挺不簡單的。」

「畢竟字數不多，我們重質不重量。」

「這些對話的質量到底在哪？根本低到不行吧——」

「**謝謝大家——！**」

「結果最後你還是用這招收尾了！」

國家圖書館出版品預行編目資料

推理要在殺人後 / 小鹿、迷子燒 作.
--初版. --臺北市：尖端出版,
2017.11-
冊 ; 公分
ISBN 978-957-10-7761-1(平裝)

857.7　　　　106016593

浮文字
推理要在殺人後1

著　　者／小鹿
發 行 人／黃鎮隆
副　　理／洪琇菁
執行編輯／楊國治
企劃宣傳／邱小祐、劉宜蓉
封面插畫／迷子燒
副總經理／陳君平
國際版權／黃令歡
美術編輯／王羚靈
內文排版／謝青秀

出版／城邦文化事業股份有限公司 尖端出版
台北市中山區民生東路二段一四一號十樓
電話：(〇二)二五〇〇七六〇〇
傳真：(〇二)二五〇〇二六八三
E-mail：7novels@mail2.spp.com.tw

發行／英屬蓋曼群島商家庭傳媒股份有限公司城邦分公司 尖端出版
台北市中山區民生東路二段一四一號十樓
電話：(〇二)二五〇〇—七六〇〇(代表號)
傳真：(〇二)二五〇〇—一九七九

中彰投以北經銷／楨彥有限公司
(含宜花東)
電話：(〇二)八九一九—三三六九
傳真：(〇二)八九一四—五五二四

雲嘉經銷／智豐圖書股份有限公司 嘉義公司
電話：(〇五)二三三—三八五二
傳真：(〇五)二三三—三八六三

南部經銷／智豐圖書股份有限公司 高雄公司
電話：(〇七)三七三—〇〇七九
傳真：(〇七)三七三—〇〇八七

一代匯集／香港九龍旺角塘尾道六十四號龍駒企業大廈十樓B&D室
電話：(八五二)二七八三—八一〇二
傳真：(八五二)二七八二—一五二九

馬新經銷／城邦(馬新)出版集團Cite (M) Sdn. Bhd.
E-mail：cite@cite.com.my

法律顧問／元禾法律事務所 王子文律師
台北市羅斯福路三段三十七號十五樓

二〇一七年十一月一版一刷
二〇二〇年五月一版二刷

■中文版■

郵購注意事項：
1.填妥劃撥單資料：帳號：50003021戶名：英屬蓋曼群島商家庭傳媒(股)公司城邦分公司。2.通信欄內註明訂購書名與冊數。3.劃撥金額低於500元，請加附掛號郵資50元。如劃撥日起 10～14日，仍未收到書時，請洽劃撥組。劃撥專線TEL：(03)312-4212 ・ FAX：(03)322-4621。E-mail：marketing@spp.com.tw